KB010824

서문문고
14

모옴 단편집

서머싯 모옴 지음
이 기 석 옮김

모음 단편집

⊠ 모음 단편집

해 설

이기석(李基錫)

1. 모옴의 생애

월리엄 서머싯 모옴의 할아버지는 유명한 변호사였고, 아버지 또한 파리의 영국 대사관부 변호사였으므로 그만하면 명문가 출신이라 할 수 있을 것이다.

그는 1874년 파리에서, 여섯 형제의 막내로 귀여움 받으며 세상에 태어났으며, 그가 맨 먼저 배운 말은 영어가 아니고 프랑스어였다. 성장하면서는 프랑스의 작가, 특히 모파상으로부터 많은 영향을 받았다.

여덟 살 때 어머니를, 열 살 때 아버지를 각각 여의고 영국에서 목사직에 있던 작은아버지의 손에서 자랐다. 작은아버지는 그를 장차 목사로 키울 생각이었으나, 그는 정작 열일곱 살 때 독일 하이델베르크로 건너가 철학을 공부했고, 귀국 후에는 센트 토머스 병원에 들어가서 여섯 해 동안의 의학 과정을 수업한 끝에 내과 및 외과의 자격을 얻었다. 이때에 얻은 체험이야말로 훗날 그가 한 작가로 행세함에 있어서 크게 도움이 되었다. 특히

인턴으로서 빈민굴 환자들을 진료하는 동안 인간의 강인한 생의 의욕에 깊은 감명을 받았음은 물론이고, 인간에 대한 동정과 관용 또한 골수에 사무치게 배웠던 것이다. 이때의 고귀한 경험의 결과는 바로 빈민굴의 여공(女工)인 라이자의 사랑과 죽음을 그린 그의 처녀작 ≪램베드의 라이자(Liza of Lambeth)≫(1897)로 탄생된다.

그는 제1차 세계대전 및 제2차 세계대전 때는 각각 프랑스의 정보기관에서 활약하였으며, 제2차 세계대전 후에는 잠시 미국에 가서 머무른 적도 있었다. 그의 사생활로 말하자면 마흔한 살 때 결혼하여 쉰세 살 때 이혼한 후로는 여생을 독신으로 보냈다.

그의 문체는 간(簡)·명(明)·쾌(快)를 위주로 하였고, 인간의 심리 및 성격, 그 중에서도 여성의 심리 묘사는 타(他)의 추종을 허용하지 않는 경지에까지 다다랐으며, 그의 작품 도처에 그려져 있는 인간 선의에의 추구 및 인생 진리의 기묘한 표현은 그의 작품의 특징이다.

2. 그의 문학

작가로서 모옴만큼 다면성(多面性)을 지닌 작가는 아마 드물 것이다.

그는 스물두 살 때부터 쓰기 시작하여 아흔한 살에 죽을 때까지 반세기 이상을 꾸준히 써왔던 것이다.

그것도 단지 소설이면 소설, 희곡이면 희곡만을 쓴 것이 아니고, 장편소설·단편소설·희곡·수필 및 여행기·영화—만년에는 자작소설(自作小說)의 영화화를 위하여 온 힘을 기울였으며 스스로 영화 해설자로서 은막에 등장하기까지 하였다—의 갖가지 표현 수단으로 글을 썼으므로, 실로 그는 시 이외의 거의 모든 형식의 문학적 기술을 사용한 셈이다.

그러나 그의 위대성은 단지 모든 형식의 문학적 기술을 구사했다는 그것에 그치는 것이 아니고, 모든 계층에 걸쳐 독자의 흥미를 끌도록 한다는 참으로 보기 드문 탁월성을 지니고 있다는 데에 있을 것이다. 우리 나라에서도 그렇지만 영미(英美)에서도 독자층에는 대개 두 부류가 있으니, 하나는 지식 계층이고, 또 하나는 대중이다. 한 작가의 한 작품이 나오는 경우 전자(前者)가 그 작가와 그 작품에 대해 호평하는 기미가 보이면 후자(後者)는 즉시 그 작가와 그 작품에 대한 반기를 들고 나서는 따위의 일은 흔하다. 그러나 모옴은 이 양 계층의 독자에게 다같이 환영을 받는 흥미진진한 붓대를 반 세기에 걸쳐 휘둘렀던 것이다.

이 양 계층의 구미에 맞도록 애쓰지 않으면 안 되었

던 모음은 자연히 유행에 민감할 수밖에 없었다. 그래서 그의 독특한 표현 방법은 언제나 그 시대의 취미와 풍습의 새로운 전개에 적응하여 변해 갔다. 따라서 모음의 초기와 후기 작품 사이에, 문체(文體)라든가 사상(思想)에 있어서 현저한 차이가 인정된다 하더라도 조금도 놀랄 것은 없다. 가령 그의 처녀작 《램베드의 라이자》가 전형적 후기 빅토리아조풍의 작품이라면 그의 1912년 작 희곡 《프레데릭 부인(Lady Frederick)》 같은 작품은 전형적 에드워드 왕조식(20세기 초의 에드워드 7세의 시대는 빅토리아조와는 대립적인 사조, 즉 회의와 비판의 시대였음)의 풍습 희극(風習喜劇)이다. 그는 1차 세계대전 후의 소위 '비꼬인' 세상 인심을 위하여 1920년대에는 환멸극(幻滅劇) 《The Circle》 《Our Betters》를 썼고, 1930년대에는 이미 일반의 정신적 풍조가 변했으므로 모음도 그에 맞추어 작품을 썼다. 그러나 1940년대에 이르러 〈무관심의 신비주의〉가 유행하자 그는 1944년 《면도날(The Razor's Edge)》 같은 작품을 내놓았다.

모음이 다면성을 나타내게 된 또 하나의 원인은 그의 프랑스에 대한 풍부한 지식이다.—그의 여행벽도 있지만—그의 작품에는 프랑스를 무대로 한 것이 많고 대화에도 프랑스가 자주 나온다.

그는 다음과 같이 말했다.

"나를 교육시켜 준 곳은 프랑스였다. 그리고 미국의 기지(機智)와 양식(良識)을 높이 평가할 줄 알도록 가르쳐 준 곳도 프랑스였다."

과연 모옴의 작품에는 프랑스의 영향이 많이 반영되어 있으며, 몇몇 프랑스 작가, 그 중에서도 모파상으로부터 배운 바가 가장 많았다고 한다.

이리하여 모옴은 영미(英美)의 많은 독자들에게 프랑스의 풍습과 사고 방식에 대한 지식과 이해를 증진시키는 데 있어 공로가 컸고, 그 공로에 대하여 프랑스는 그를 자기 나라의 일류 작가와 똑같이 대우하여 Toulouse 대학에서 법학박사 학위와 레지옹 동눌 훈장까지 수여했다.

모옴의 문체는 간·명·쾌를 위주로 문장이 대체로 짤막짤막하고 대부분 '앤드(and)·벗(but)' 등의 간단한 접속사로 연결되어 있다. 그러므로 복합문이 거의 없다.

그의 문체는 아름다운 문장은 아니나, 평범한 말들이 평범한 어순(語順)에 따라 부드럽게 연속되어 있으면서도 기막히게 멋진 솜씨로 인정을 꿰뚫고 있다. 그는 자신의 생각을 이렇게 말하기도 했다.

"소설가는 자기가 말하는 바를 독자로 하여금 믿도록

해야 한다. 그렇다고 하나에서 열까지 다 믿도록 만드는 작가는 아마 지루한 작가일 것이다."

과연 모옴의 특징 중 하나는 자신의 이야기를 현실의 사건으로서 등장시켜 실재의 사실처럼 꾸미면서도 동시에 지루하지 않도록 만들어 내는 점이다. 그렇다고 탐정소설식의 수법을 쓰는 것은 아니다. 또 정치보도원(政治報道員)같이 흥미 있는 시사 문제나 철학자 같은 토론의 형식을 빌리는 것도 아니다. 다만 그는 환자의 병상을 살피는 의사 같은 태도로 인간의 번민을 빈틈없이 관찰하여 그 관찰 결과를 알아듣기 쉬운 구수한 문장으로 독자 앞에 내놓았을 뿐이다. 모옴은 인간의 번민을 고쳐 주는 의사는 아니었다. 그는 독자에게 어떤 처방을 내주지는 않았다. 다만 병상에 대한 사실을 여러 자료에 의해서 증명하는 데 있어 완전 무결한 임상적 태도를 취했을 뿐이다. 인간의 병은 각자 스스로의 처방에 의하여 고치는 것이 가장 좋으니까…….

아무튼 모옴은, 그의 우수한 걸작들이 후세에 길이 남을 소수의 엄선된 현대 작가 중 한 사람이다. 그의 작품이 후세에까지 오래도록 남을 것이라고 생각되는 까닭은 단지 그가 20세기 전반을 통하여 세계 문단에 준 강렬한 인상을 문학사가(文學史家)들이 기록해 둘 것이란 이유 때문만은 아니다. 첫째는 그의 네 가지 표

현 수단—장편소설·단편소설·극·개인적 설화—을 구
사하여 성공을 거둘 그의 다예다면성(多藝多面性)에 의
한 것이며, 둘째는 지식층과 대중 양쪽의 환호를 받고
있는 작가는 모옴 단 한 사람밖에 없다는 점 때문이다.

이리하여, 그는 읽어서 재미있는 소설을 써서, 보통
때 같으면 책을 안 읽거나 기껏해야 저속 대중소설밖에
읽지 않는 전 세계 대중들을 자기의 애독자로 흡수하여
그들의 문학 수준을 올렸다. 그런 의미에서 특히 그는
그의 단편소설을 통하여 '문학의 귀중한 보급자'였다는
공로를 잊어서는 안 될 것이다.

끝으로 모음의 주요 작품을 소개하면 다음과 같다.

장편(長篇)
Liza of Lambeth(1897) The Making of a Saint(1898)
The Hero(1901) Mrs. Craddock(1902)
The Merry-Go-Round(1904)
The Bishop's Apron(1906)
The Explorer(1908)Of Human Bondage(1915)
The Moon and Sixpence(1919)
The Painted Veil(1952)
Cakes and Ale(1930) The Narrow Corner(1932)
Theatre(1937) Christmas Holiday(1939)
Up at the Villa(1941)
The Hour before the Dawn(1942)
The Razor's Edge(1944) Catalina(1948)

희곡(戱曲)

Lady Frederick(1912) Jack Straw(1912)
Mrs. Dot(1912) Penelope(1912)
The Explorer(1912) The Tenth Man(1913)
Smith(1913) The Land of Promise(1913)
The Unknown(1920) The Circle(1921)
Caesar's Wife(1922) East of Suez(1922)
Our Betters(1923) Home and Beauty(1923)
The Unattainable(1923) Loaves and Fishes(1924)
The Letter(1927) The Constant Wife(1927)
The Sacred Flame(1928) The Breadwinner(1930)
For Services Rendered(1932) Sheppey(1933)
Six Comedies(1939)

기행(紀行) 및 수필(隨筆)

The Land of Blessed Virgin(1905)
On a Chinese Screen(1922)
The Gentleman in the Parlour(1930)
Don Fernando(1936)
My South Sea Island(1936) The Summing up(1938)
Book and You(1940) France of War(1940)
Strictly Personal(1944)
A Writer's Notebook(1949)

정복되지 않는 처녀

한스는 부엌으로 다시 들어갔다. 노인은 여전히 마룻바닥에 널브러져 있다. 그자가 노인을 때려 눕힌 것이다. 끙끙 앓는 소리를 지른다. 마나님은 벽에 등을 돌려대고 깜짝 놀란 눈으로 그자의 친구인 윌리를 노려보고 있다. 그자가 부엌 안으로 들어서자 마나님이 한숨을 내쉬고 큰 소리로 울음보를 터뜨린다. 윌리는 식탁을 앞에 놓고 앉아 있다. 손에는 총을 들고 그의 옆에는 반 정도 빈 포도주 병이 있다. 한스는 식탁 있는 곳으로 가서 포도주를 따라 한 모금에 들이켠다.

"여보게, 자네 꼭 무슨 화를 당한 것 같으이" 하고 윌리가 이를 내놓고 웃는다.

한스의 얼굴에는 피가 맺히고 날카로운 손톱자국 상처 다섯 개가 눈에 띈다. 그자는 한 손으로 뺨을 슬슬 어루만진다.

"그년은 내 눈알이라도 할퀴어 낼 거야. 개 같은 년 같으니. 요오드팅크를 발라야겠는걸. 그런데 이젠 그년도 잠잠해졌으니 자네도 한 번 어때?"

"난 모르겠네. 난…… 날도 저물어 가고."

"바보 같은 소리 작작 해라. 넌 사내자식이 아니냐, 응? 날이 저물기로서니 어떻단 말야? 기왕 길을 잃어버린 판국인데."

날은 아직 훤하고 석양이 농가 부엌 창문으로 흘러들

어왔다. 윌리는 잠시 주저주저한다. 그는 자그마한 키
에 가무잡잡하고 얄팍한 얼굴의 사나이다. 민간인 시절
에는 드레스 디자이너였다. 한스한테서 소심하다는 소
리를 듣기 싫어하는 자였다. 그는 일어나서 한스란 놈
이 지금 들어온 그 문 쪽으로 갔다. 그가 하려는 짓을
짐작한 마나님이 비명을 지르며 앞으로 뛰어나간다.

"안 돼요. 안 돼……" 하고 마나님이 외친다.

한스가 한걸음에 마나님의 앞을 가로막고 마나님의
두 어깨를 잡아, 문 안쪽으로 힘껏 떠다민다. 마나님은
비틀비틀하다가 쓰러져 버린다. 그자가 윌리의 총을 빼
앗아 들었다.

"둘다 꼼짝 말고 가만 있어" 하고 그는 후음(喉音)이
많은 독일어식 악센트의 거친 프랑스어로 말한다. 그리
고 문 쪽으로 대고 자기 고개를 끄덕끄덕 해보이며,

"어서 해버려. 이자들은 내가 보고 있을 테니까."

한다. 윌리는 밖으로 나가더니 금세 되돌아온다.

"여자가 기절을 했어."

"그래서, 그래 어떻단 말이냐?"

"난 못 하겠어, 안 되겠어."

"바보새끼 같으니, 넌 밤낮 그래서 탈이야. 바이부첸
(계집이면 되잖아). 여자면 되잖느냐 말야."

윌리는 얼굴이 빨개진다.

"어서 갈 길이나 가세."

한스가 멸시하는 듯이 두 어깨를 으쓱 치켜올린다.

"병 속의 포도주나 다 처치하고 가든지 말든지 하자 꾸나."

그는 점점 기분이 흐뭇해졌다. 이곳에서 시간을 보내는 편이 좋을 것 같았다. 아침 내내 '근무'였으며 너무 여러 시간 동안 오토바이를 타서 팔다리가 다 아팠다. 다행히도 앞길은 멀지 않았다. 10 내지 15킬로미터 지점인 소와송까지만 가면 되는 것이었다. 잘하면 침대에서 잠을 잘 행운이 찾아올지도 모른다. 물론 이 계집애만 속이 탁 트인 애였더라면 도대체 이런 일은 일어나지도 않았을 것이다. 그들—한스와 윌리—은 길을 잃어버리고 만 것이었다. 밭에서 일하고 있던 어떤 농부에게 길을 물었는데, 농부가 고의적으로 다른 길을 알려 준 것이었다. 다른 길로 가고 있다는 것을 곧 알게 된 한스와 윌리는 이 농가까지 와서 발길을 멈추고, 다시 길을 물었다.

그들은 지극히 공손했다. 가능한 한 프랑스인들에게는 친절히 대하라는 명령이 있었기 때문이었다. 그들에게 문을 열어 준 사람이 바로 이 처녀였다. 그리고 그녀는 소와송으로 가는 길을 모른다고 했다. 그들이 이 집안으로 밀고 들어온 것은 그 때문이었다. 이때 마나

님이 나서서 그들에게 대꾸를 해주었던 것이다. 한스는
처녀의 어머니일 것이라고 생각했다. 아버지와 어머니
와 딸, 세 식구가 막 저녁상을 물린 후였다. 그래서 식
탁 위에는 포도주 한 병이 놓여 있었다. 이것을 본 한
스는 목이 말라 죽겠다는 생각이 왈칵 치밀었다.

　날씨는 찌는 듯한 데다가 아침부터 물 한 방울 맛보
지 못한 참이었다. 포도주 한 병만 달라고 한스가 청했
다. 윌리는 한스의 말이 떨어지기가 무섭게, 그 값은 넉
넉히 치르겠다고 말했다. 윌리는 땅딸보였으나 마음이
약했다. 결국 그들은 전승자(戰勝者)가 아닌가. 지금
프랑스군이 어디 있단 말인가! 혼비백산하여 패주(敗
走)하고 있는 것이다.

　그럼 영국은 어떤가? 모든 것을 다 내버리고 산토끼
모양의 본토로 허둥지둥 달아나 버리지 않았던가. 정복
자들은 그들의 야망을 성취하고야 만 것이 아니던가.
그건 그렇고, 윌리가 두 해 동안 파리에서 재단사 노릇
을 한 것은 사실이었다. 그가 프랑스어를 잘하는 것도
사실이다. 그가 지금의 임무를 맡게 된 것도 프랑스어
덕분이요, 그가 지금까지 봉변을 당해 온 것도 역시 그
프랑스어 때문이었다. 데카당한 프랑스인들 틈에 끼어
서 산다는 것은 독일군에게는 고맙지 않은 일이었다.

　농부의 아내가 두 병의 포도주를 식탁 위에 가져다

놓았다. 윌리는 20프랑을 주머니에서 꺼내어 마나님에게 내밀었다. 한스의 프랑스어는 윌리를 따라가자면 어림도 없지만 그래도 자기 의사 표시는 할 수 있었다. 그러므로 한스는 항상 윌리와 프랑스어로 이야기하려고 했다. 윌리가 한스의 틀린 곳을 고쳐 주곤 했다. 한스가 그를 친구로 삼은 것도 그처럼 이용 가치가 많았기 때문이었던 것이다. 또 한스는 그가 자신의 찬양자란 것도 잘 알고 있었다. 그가 한스를 찬양하는 데에는 까닭이 있었다. 키가 크고 후리후리한 데다가 어깨가 딱 벌어졌기 때문이고, 그의 고수머리가 너무나도 아름답고 두 눈 또한 너무나도 푸르렀기 때문이었다. 한스는 기회 있을 때마다 프랑스어를 중얼거려 보곤 하였다. 그래서 지금도 이들 프랑스인들과 말을 건네 보고 싶어졌다. 그러나 이 세 프랑스인들은 그를 손톱만큼도 상대하려 들지 않았다. 그자는 자기가 농부의 자식이며 전쟁이 끝나면 다시 농터로 돌아가겠노라고 그들 프랑스인들에게 씨부렁거렸다. 어머니는 자기를 사업가로 만들고 싶어하여 뮌헨에 있는 학교에 입학시켰으나, 자기는 사업에는 관심이 없어서 대학 합격 후에는 농업 단과대학으로 진학했었노라고 지껄여 보기도 하였다.

"당신은 길을 물으러 이곳에 왔어요. 이제 길을 알았으니 포도주나 마시고 가주세요" 하고 처녀는 말했다.

한스는 이제껏 그 처녀는 거들떠보지도 않다시피 하였다. 처녀는 미인은 아니었으나 멋진 검은 눈에 콧날이 오뚝하고 얼굴이 백지장같이 창백하였다. 너절한 옷차림이었으나 아무리 보아도 그렇게 하찮은 여자로는 보이지 않았다. 처녀에게는 남이 추종할 수 없는 뛰어난 기품이 있었다. 한스는 전쟁 발발 이후 전우들이 프랑스 여자 얘기를 하는 것을 들은 적이 있었는데 독일 여자들에게선 도저히 찾아볼 수 없는 그 무엇을 지니고 있다는 것이었다. 월리는 그것을 '멋'이라고 불렀다. 그 '멋'이란 도대체 어떤 뜻이냐는 한스의 물음에, 월리는 단지 두고 보면 알 것이라고만 짧게 대답했다. 한스는 물론 남들이 프랑스 여자는 돈만 알고 아주 지독한 구두쇠라고 말하는 것도 들은 일이 있었다. 그러므로 아주 잘된 일이었다. 한 주일 후 부대가 파리에 입성하게 되면 한스는 자연 그 '멋'도 찾아내게 될 것이다. 고급사령부에서는 이미 병사들이 들 집까지도 마련해 놓았다는 소문이었다.

"포도주나 다 마시고 가자꾸나" 하고 월리는 서두르듯 말했다. 그러나 한스는 기분이 풀어져서 급히 떠나가고 싶지 않았다.

"넌 농사꾼 딸로는 보이지 않는걸" 하고 한스는 처녀에게 말했다.

"그래서 어떻단 말야?" 하고 처녀가 대들었다.

"그애는 학교 선생이라우" 하고 처녀의 어머니가 말했다.

"그럼 교육도 상당히 받았겠군." 한스의 말에 처녀는 두 어깨를 으쓱 치켜올렸으나 그자는 엉터리 프랑스어로 여전히 익살맞게 떠들어댔다.

"프랑스인에게는 사상 최대의 행복이 닥쳐왔다는 걸 알아야 해. 싸움을 시작한 건 우리가 아냐. 너희들 프랑스지. 근데 지금 우리는 그 프랑스를 제법 근사한 나라로 만들어 주려는 거야. 질서를 잡아 주자는 거지. 일하는 것을 가르쳐 주기도 하고 말이야. 복종과 기율(紀律)도 가르쳐 주자는 거야."

처녀는 두 주먹을 불끈 쥐고 그를 쳐다보았다. 그 거무스레한 두 눈에는 증오의 빛이 넘쳐흘렀으나 아무 말도 입밖에는 내지 않았다.

"자네 취했네, 한스" 하고 윌리는 말을 막았다.

"내 정신은 법정에 선 판사처럼 말똥말똥하다네. 난 사실을 말하고 있을 뿐이야. 그들은 그 사실을 곧 알게 될 거야."

"저 사람 말이 옳아요, 당신은 취했어요. 어서 가요, 가."

하고 처녀는 더 이상은 참을 수 없다는 듯이 외쳤다.

"호오, 너 우리 독일 사람 잘 알지? 좋아, 갈게. 근데 우선 내게 키스나 한 번 해주지그래."

처녀는 그자를 피하기 위하여 뒤로 물러섰다. 그러나 그자는 처녀의 손목을 잡았다.

"아버지, 아버지" 하고 처녀는 소리 질렀다.

농부가 독일군에게로 덤벼들었다. 한스는 처녀는 놓아 주고 힘껏 농부의 얼굴을 후려갈겼다. 농부는 방바닥에 나동그라져 버렸다. 이때 처녀가 도망갈 사이도 없이, 그자는 처녀를 자기 두 팔로 껴안았다. 처녀는 그자의 뺨을 보기 좋게 힘껏 후려갈겼다. 그자는 이를 내놓고 껄껄 웃어댔다.

"이게 바로 독일군 병사가 키스를 청했을 때 네가 취하는 행동이란 말이냐? 그 은혜는 꼭 갚고 말 테다."

그자는 있는 힘을 다하여 처녀의 두 팔을 한데 모아 꼭 붙잡고 문 밖으로 끌어 내었다. 그러나 이때 처녀의 어머니가 덤벼들어 그자를 떼어 놓으려 했다. 한스는 한 손으로 처녀를 꼭 껴안고 또 다른 손바닥으로 처녀의 어머니를 힘껏 떠다밀었다. 어머니는 벽 있는 데까지 비틀비틀 뒷걸음질쳤다.

"한스, 한스" 하고 윌리가 소리를 질렀다.

"가만 있어, 이 자식."

소리를 지르지 못하도록 처녀의 입을 두 손으로 막고

한스는 처녀를 방 밖으로 안아 냈다. 사건의 전말은 이상과 같은 것이었다. 독자 여러분께서는 이것이 그 처녀의 자업자득이라는 것을 알아야겠다. 그 처녀가 한스의 뺨을 때리다니 언어도단이다.

그자 요구대로 처녀가 키스나 한 번 해주었더라면 그자는 돌아가 버렸을 것이다. 그자는 농부가 여전히 아까 그 자리에 널브러져 있는 것을 흘끗 보았다. 농부의 그 우스꽝스러운 얼굴을 보고 그자는 웃음을 못 참는 모양이었다. 그자는 처녀의 어머니가 모옴을 움츠리고 벽에 기대어 서 있는 꼴을 보자 두 눈에 미소를 띠었다. 마나님은 이번엔 자기 차례라고 겁을 집어먹고 있는 것이나 아닐까? 당치도 않은 걱정. 그자의 머리에는 프랑스의 속담 하나가 떠올랐다.

"셴 루 프리미에 퍼 기 구트(말 한마디에 천 냥 빚도 갚는다). 노친네여, 큰소리 낼 아무런 까닭도 없소. 따님의 일은 조만간 당하고야 말 일이었으니까요."

그자는 손을 뒷호주머니에 집어넣더니 지갑을 꺼냈다.

"자아, 여기 백 프랑이 있으니 따님의 새 옷이나 사주세요, 변변치는 못합니다만."

그자는 돈을 식탁 위에 놓더니 헬멧을 다시 쓰고는 "가세" 하고 말했다.

독일 병정은 그들 세 식구를 뒤에 두고 문을 닫고는 오토바이를 탔다. 마나님은 딸의 방으로 들어갔다. 딸은 긴 의자에 엎드려 있었다. 처녀는 그자가 내버리고 간 그대로 엎드려 비통한 눈물을 흘리고 있었다.

석 달 후, 한스는 소와송에 머무르게 되었다. 점령군을 따라 파리에 입성하여 아크 드 트리용푸(개선문)를 오토바이로 통과했던 것이다. 처음에 투르, 그 다음에 보르도로 진격했었다. 무적(無敵)의 진격이었다. 그자가 본 프랑스군이란 포로병들뿐이었다. 전쟁은 일생에 처음 보는 가장 큰 잔치와도 같았다. 휴전 후 그자는 파리에서 한 달을 지냈다. 고향 바이에른에 사는 식구에게는 그림엽서를 부쳤고 가지각색의 선물도 사보냈다.

월리는 파리 시내를 자기 손바닥처럼 잘 알고 있었기 때문에 그대로 파리에 머무르게 되었지만 한스와 다른 병사들은 소와송으로 파견되어 그곳 수비대와 합류하기로 되었던 것이다. 그곳은 아담한 소도시였고 그자는 경관 좋은 병사(兵舍)를 배정받았다. 먹을 것도 많았고 샴페인 한 병이 독일 돈으로 1마르크도 못 되는 판이었다. 그자는 소와송에 주둔하라는 명을 받자 자기가 전에 관계했던 처녀에게 가본다면 재미있으리라는 생각이

문득 떠올랐다. 아무런 악의도 없다는 것을 보이기 위
하여 한 켤레의 비단양말을 사다 주기로 했다. 그자는
길눈이 밝아서 힘 안 들이고 그 농가를 찾을 수 있으리
라고 생각했다. 어느 날 오후, 그자는 한가한 틈을 타서
호주머니에 비단양말을 넣고는 오토바이를 탔다. 쾌청
한 가을날이었다. 하늘에는 거의 한 점의 구름도 없었
다. 길가의 시골 풍경은 아름답고 물결치는 듯하였다.
연일 날씨가 맑고 가물어서 9월이었음에도 불구하고,
어수선한 포플러나무에도 여름이 마지막 길로 접어들었
다는 흔적조차 엿보이지 않았다. 그자는 한 번 골목을
잘못 들어 시간은 좀 걸렸지만 결국 한 시간 이내에 목
적한 농가에 도착했다.

그자가 문 앞으로 다가가자 잡종개가 짖어댔다. 그자
는 노크도 하지 않고 손잡이를 돌려 그냥 안으로 들어
섰다. 처녀가 식탁을 앞에 놓고 앉아서 감자껍질을 벗
기고 있었다. 군복 입은 사람을 보자 처녀는 벌떡 일어
섰다.

처녀는 "뭐야?" 하고 말하곤 그자가 누구인지를 금세
알아차렸다. 그러고는 두 손으로 나이프를 움켜쥐고 벽
으로 뒷걸음질을 쳤다.

"응, 네놈이었구나. 코숑(개놈)."

"홍분하지 마시오. 난 당신을 해치러 온 게 아니오.

자아, 비단양말을 사왔으니."

"일 없어. 가지고 나가."

"쓸데없는 짓말고 나이프나 치워요. 괜한 짓 하려 들면 자기가 다칠 뿐이야. 날 무서워할 필요는 없어."

"내가 네깐놈 무서워할 줄 아니?" 하고 처녀는 말했다. 처녀는 나이프를 마룻바닥에 내동댕이쳤다. 한스는 헬멧을 벗고 의자에 걸터앉았다.

그자는 발을 뻗쳐 나이프를 자기 쪽으로 끌어당겼다.

"내가, 감자 벗겨 드릴까?"

처녀는 대꾸도 하지 않았다. 그자는 허리를 굽혀 나이프를 집더니 감자 한 알을 통에서 꺼내어 껍질을 벗기기 시작했다. 처녀의 얼굴은 무섭고 두 눈은 적의에 차 있었다. 처녀는 벽에 기대어 서서 그자를 살펴보고 있었다. 그자는 처녀에게 정다운 미소를 던졌다.

"왜 그런 무서운 얼굴을 하는 거야? 이것 봐요, 내가 뭘 얼마나 몹쓸 짓을 했다구. 난 그땐 신경이 머리끝까지 날카로워졌었어. 우리들 모두가 다 그랬단 말야. 프랑스군은 무적이란 소문도 떠돌았고, 또 '마지노' 방위선 도……."

그자는 여기까지 와서 말을 멈추고 낄낄 웃어댔다.

"그뿐인가. 포도주가 머리에 올라와서. 당신은 봉변을 당한 셈인지도 모르지만 여자들은 날 보고 나쁘지 않은 인상이라고들 하던데."

처녀는 멸시하는 눈초리로 그자를 아래 위로 훑어보았다.

"당장 나가."

"나가고 싶어지기 전엔 난 못 나가겠다."

"나가지 않아 봐라, 아버지께서 소와송에 가셔서 사령관에게 모두 이야기해 버리실 테니."

"참 퍽도 대접을 받겠군. 주민들과 사귀라는 명령이었는걸. 근데 네 이름은 뭐지?"

"그런 건 알아서 뭘해."

이때 처녀는 두 볼을 발갛게 달아올리고 눈을 흘기며 성을 냈다. 그자가 마음속에 그려 보던 것보다 처녀는 훨씬 아름다워 보였다. 그자는 처녀를 나쁘게 생각한 적은 한 번도 없었다. 처녀는 농부의 딸이라기보다는 오히려 도회지 여자 같은 세련미가 풍겼다. 그자는 처녀의 어머니가, '그애는 학교 선생이라우' 하던 말이 생각났다. 처녀의 귀부인 같은 태도 때문에 더욱 처녀를 놀리는 것이 그자는 재미났다. 그자는 용기가 솟아나고 마음이 상쾌해지는 것 같았다. 그자는 자기의 금발 고수머리를 손가락으로 치켜올리며, 다른 여자들 같았으면 그녀가 겪은 그런 기회를 반색하며 덤볐을 텐데 하는 생각을 하고 낄낄 웃어댔다. 그자의 얼굴은 여름 햇

빛에 까맣게 타서 두 눈이 놀란 토끼처럼 푸르게 번쩍
였다.

"부모님은 어디 계시지?"

"밭에서 일해."

"배가 고프니 빵 한 조각하고 치즈 조금, 그리고 포도
주 한 병만 줘요. 돈은 낼 테니."

처녀는 매정하게 웃어댔다.

"우린 석 달 동안 치즈란 건 구경도 못 했어. 빵도 굶
주림을 면할 정도밖에는 없어. 프랑스군이 1년 전에 우
리 마을을 약탈해 갔는데 요즘엔 독일놈들이 소, 돼지,
닭, 할 것 없이 모든 것을 다 빼앗아 가버렸어."

"그럼 돈은 치렀을 텐데."

"놈들이 주고 간 값어치 없는 돈으로 먹고 살 수 있을
줄 알아?"

처녀는 울기 시작했다.

"배고파?"

"아니 천만에. 우린 감자, 빵, 무, 상추만 가지고도
임금 못지않게 떳떳이 먹고 살 수 있어. 내일 아버지께
서 소와송에 가셔서 말고기를 사오실 테니까" 하고 처
녀는 비통한 어조로 대답했다.

"내 말 좀 들어요, 아가씨. 난 나쁜 놈이 아니오. 치
즈를 갖다 드리리다. 햄도 한 조각쯤은 구할 수 있을

것 같소."

"네깐놈 선물은 바라지도 않아. 네놈들이 우리에게서
훔쳐 간 식료품에 입을 대느니 굶어 죽지."

"그래 어디 두고 보기로 하자구" 하고 그자는 익살맞
은 어조로 말했다.

그자는 모자를 쓰고 일어서서 "옹 봐아(또 봅시다,
아가씨)"하며 나가 버렸다. 또다시 이 시골 부근을 오
토바이를 타고 즐겁게 달릴 여가가 있을 성싶지 않았
다. 이 농가에 또 한 번 오려면, 전령(傳令)으로 파견되
기를 기다리는 수밖에 없었다.

열흘 후였다. 그자는 지난번과 같이 이 농가에 불쑥
발을 들여놓았다. 이번에는 농부와 그 마누라가 부엌에
있었다. 점심때가 지난 시간이었다. 마나님은 난로 위
에 올려놓은 냄비를 휘젓고 있었고 농부는 식탁을 앞에
놓고 앉아 있었다. 그자가 들어서자 영감과 마누라가
흘끔 쳐다보았다. 그러나 조금도 놀란 기색은 없었다.
자신이 지난번에 방문했었다는 이야기를 딸에게 들었음
에 틀림없었다. 모두 아무 말이 없다. 마나님은 여전히
점심 준비를 하고 있고, 영감은 샐쭉한 낯으로 식탁 위
의 기름 걸레를 뚫어지게 들여다보고 있었다.

그러나 이런 것쯤 가지고 익살맞은 성격의 한스가 당
황할 리는 없었다.

"본쥬 라 곰파니이(동지, 안녕하십니까), 선물 가져
왔어요."

그자는 즐거운 목소리로 말했다.

한스는 가져온 보따리를 끌러 그뤼예 치즈의 꽤 큰
덩어리와 돼지고기 한 조각과 정어리 통조림 두 통을
내놓았다. 마나님이 돌아다보았다. 마나님의 눈 속에
식욕의 빛이 감도는 것을 보고 한스는 빙그레 웃었다.
영감님은 샐쭉한 얼굴로 그 음식 보따리를 바라보고 있
었다. 한스는 기쁜 빛이 가득한 얼굴로 영감님을 바라
보았다.

"제가 맨 처음 왔을 때 저희들이 영감님 댁을 오해해
서 미안합니다. 그땐 영감님께서 저희를 가로막으실 게
아니었습니다."

이때 처녀가 들어왔다.

"여기서 무슨 수작이야.!"

처녀는 매정하게 외쳤다. 이때 그자가 가져온 물건이
처녀 눈에 띄었다. 처녀는 그것을 휩싸서 그자에게로
팽개쳐 버렸다.

"냉큼 가지고 나가, 냉큼."

그러나 처녀의 어머니가 앞을 가로막았다.

"아네트, 너 미쳤니?"

"난 그자 선물은 안 받아요."

"이것은 그자들이 우리에게서 훔친, 우리들 자신의 식료품이란다. 정어리 통조림을 봐라, 보르도의 정어리가 아니냐."

마나님은 그 물건들을 주워 올렸다. 한스는 그 맑고 푸른 눈에 조롱하는 듯한 미소를 띠우고 처녀를 바라보았다.

"아네트란 이름이군, 예쁜 이름인데. 부모님께 얼마간의 음식을 드리는 것을 왜 아까워하는 거야? 석 달 동안이나 치즈 맛을 못 봤다면서. 햄은 구할 도리가 없었소. 최선을 다해 봤지만."

농부의 마나님은 고깃덩이를 두 손에 들고 가슴에 꼭 껴안았다. 마나님은 그 물건에 키스라도 할 것 같았다. 눈물이 아네트의 두 뺨을 타고 흘러내렸다.

"창피한 노릇이군" 하고 처녀는 괴로운 듯이 중얼거렸다.

"오오, 이것 봐라, 애야. 구뤼예 치즈 한 조각과 포크 한 조각이 뭐 창피할 게 있단 말이냐."

한스는 의자에 앉아서 담배에 불을 붙였다. 그러곤 담뱃갑을 영감에게 넘겨 주었다. 농부는 잠시 주저주저하더니 유혹에 못 이기는 듯이 한 개비만을 집어들고는 담뱃갑을 다시 돌려주었다.

"그냥 두십쇼. 전 얼마든지 얻을 수 있으니까요" 하고 한스는 말했다. 그자는 담배 연기를 빨아들여 콧구멍으로 구름 모양을 만들어 내뿜었다.

"왜 우린 친해질 수 없는 것일까요? 지난 일은 지난 일이고 전쟁은 전쟁 아닙니까? 보세요, 제 말을 아시겠지요. 아네트 양이 교육받은 여자라는 것을 전 잘 알고 있습니다. 그러니 아네트 양께서 제 입장을 잘 이해해 주기 바라는 것입니다. 제 생각으로는 저희들은 상당한 기간 동안 소와송에 주둔하고 있을 것 같습니다. 그러므로 가끔 여러분을 도와드릴 물건을 가져올 수도 있을 겁니다. 아시다시피 저희는 온갖 힘을 다하여 주민들과 사귀려 하고 있지만 모두들 우리에게 마음을 주지 않습니다. 우리가 거리를 지나갈 때에도 그들은 우릴 거들떠 보려고도 하지 않는 형편입니다. 제가 윌리와 함께 댁에 뛰어들어와서 저지른 짓은 돌발적인 실수였습니다. 여러분은 저를 두려워할 필요가 없습니다. 전 아네트를 친누이동생처럼 끔찍히 여기렵니다."

"뭣 때문에 우리 집에 오고 싶어하는 거야, 무엇 때문에 우릴 내버려 두지 않는 거야?" 하고 아네트가 따졌다.

정말이지 그 까닭은 그자도 몰랐다. 약간의 인간적인 우정이 그리워서였노라고는 차마 말하고 싶지 않았다. 소와송 주둔병 전체를 휩싸고 있는 무언의 적개심, 그

것이 그의 신경을 머리끝까지 날카롭게 했던 것이다.
그래서 그자는 자신들을 백안시하는 프랑스인에게로 달
려가 그자들을 때려눕히고 싶은 때가 한두 번이 아니었
다. 자기를 환영해 주는 고장에 갈 수 있었다면 그자는
얼마나 기뻤는지……. 그자가, 아네트에 대한 야욕은
없었다고 말한 것은 진정이었다. 처녀는 그자가 마음속
에 그리는 그런 타입의 여자는 아니었다. 그자는 키가
크고 젖가슴이 풍성하고 눈이 푸르며 자기처럼 근사한
금발을 가진 미인을 좋아했다. 억세고 묵직하고 체격이
좋은 여자를 좋아했던 것이다. 그녀의 그 까닭 모를 세
련된 모습, 얇고 고상한 코, 검은 눈동자, 그리고 그 갸
름하고 창백한 얼굴—거기에는 접근할 수 없는 무엇인
가가 있었다. 그자가 전승에 도취하지 않고, 미칠 듯한
피로 속에서도 불덩이같이 흥분하지 않았던들, 그리고
빈 속에 포도주를 몽땅 들이켜지만 않았더라면, 처녀를
건드릴 생각은 비치지도 않았을 것이다.

한스는 그 후 두 주일 동안 꼼짝도 할 수 없었다. 아
무튼 음식은 농가에 두고 왔으니 분명 그 늙은이 내외
가 그것을 허기진 듯이 먹어 버렸으리라.

'아네트도 먹었을까' 하고 그자는 생각해 보았다.

자기가 그 집을 나오는 순간 아네트가 부모와 함께
밥상을 받았다고 한들 뭐 놀랄 것이 있으랴. 그들 프랑

스인들도 공짜에는 어쩔 도리가 없는 것이다. 그들은 나약한 데카당이었다. 처녀는 그자를 미워했다. 미워할 수밖에 없었다. 그러나 포크는 포크요, 치즈는 치즈가 아닌가. 그자는 처녀 생각을 여러 모로 해보았다. 처녀가 자기를 그렇게도 싫어하는 것이 안타까웠다. 그자는 본래 여자들의 환심을 사는 데에는 재주가 있었다. 처녀가 요 며칠 사이에 그자에게 반한다면 일은 재미있게 될 것이다. 그자는 처녀의 첫 번째 남자였다. 그자는 뮌헨 학생 시절에 친구들이 맥주를 앞에 놓고 이런 이야기를 하는 것을 들은 일이 있었다.

"여자가 진정 사랑하는 건 첫 남자뿐이래."

그자는 여태 여자를 손에 넣겠다는 결심을 해서 한 번도 실패를 해본 일이 없었다. 한스는 혼자 큰 소리로 웃어댔다. 동시에 능글맞은 기색이 그자의 두 눈에 감돌았다.

마침내 그자는 농가에 갈 기회를 잡았다. 치즈, 버터, 설탕, 소시지 깡통 그리고 약간의 커피를 가지고 오토바이를 탔다. 그러나 이번에는 아네트가 보이지 않았다. 딸과 아버지는 밭에서 일을 하는 중이었다. 마나님은 뜰에 있었는데 그자가 가져온 보따리를 보더니 반색을 하는 낯으로 그자를 부엌으로 안내했다. 보따리 끈을 끄를 때 마나님의 손이 약간 떨렸다. 그리고 그자가 가져온 물건을 보고는 두 눈에 눈물이 가득 괴었다.

"고마운 분" 하고 마나님은 말했다.

"앉아도 좋습니까?" 그자는 공손히 물었다.

"아, 좋다 뿐입니까" 하며 마나님은 창 밖을 내다보았다. 한스는, 아네트가 오지 않을까 확인하기 위한 행동일 것이라고 생각했다.

"포도주나 한 병 드리리다."

"고맙습니다."

그자는 마나님이 자기와 아주 다정해지지는 않더라도 음식에 대한 욕심 때문에, 적어도 화해 정도는 기꺼이 할 것이라는 사실을 알 만큼 머리가 예민한 자였다. 창 밖 눈치를 살피는 것은 그들이 공모자가 되었다는 증거였다.

"돼지고기 좋아하십니까?" 하고 그자는 물었다.

"그건 큰 성찬이죠."

"다음에 올 땐 좀더 많이 가져오겠습니다. 아네트가 돼지고기를 좋아하는지요?"

"그애는 당신이 두고 가신 물건에 손 하나 안 댄다우. 차라리 굶어 죽겠데요."

"참으로 어리석은 짓이군."

"옳은 말씀입니다. 나도 그애보고 그랬어요. 눈앞에 놓인 음식을 먹지 않는다고 해서 무슨 수가 나느냐고 타일렀지요."

한스는 포도주를 찔금찔금 마시면서 마나님과 의좋게
잡담을 주고받고 하였다. 그자는 마나님의 이름이 마담
프리예라는 것도 알게 되었다. 그리고 식구가 더 있느
냐고 묻기도 하였다. 마나님은 한숨을 내쉬며, "없다우,
아들이 하나 있었는데 전쟁 초기에 동원되어 없어졌어
요. 전사한 게 아니고 폐렴에 걸려 낭시에 있는 병원에
서 죽었다우" 하는 것이었다.

"거 안됐군요." 하고 한스는 말을 받았다.

"차라리 죽기를 잘했어요. 그애는 여러 가지 점에서
아네트를 닮아 패전(敗戰)의 수치를 절대 못 참을 아이
였어요. 오오, 여보시오. 우린 속아넘어간 거예요." 하
고 마나님은 또 한 번 한숨을 내쉬었다.

"왜 프랑스가 폴란드를 위해서 싸우려 했느냐 말이에
요? 그들이 당신네들에게 뭐냐 말입니다."

"옳은 말씀입니다. 히틀러가 폴란드를 뺏도록 그냥
내버려 뒀던들 우릴 치진 않았을 거예요."

한스는 곧 또 오겠다고 말하며 일어나서 나가 버렸
다.

"돼지고기는 안 잊겠습니다."

그 후 한스에게는 행운의 기회가 찾아왔다. 한 주에
두 번씩 그 인접 마을까지 가는 임무를 맡게 되었던 것

이다. 그래서 그자는 툭하면 그 농가를 찾아들 수 있었
다. 그자는 언제나 빈손으로 가지 않으려고 노력했다.
그러나 아네트와는 아무런 관계도 진행시키지 못했다.
아네트의 비위를 맞추기에 급급하였으므로 그 간교한
수단—그래도 제간에는 뭇 여자를 넘어뜨렸다고 생각되
는 그런 수단—을 썼으나 결과는 아네트의 조소를 더욱
살 뿐이었다. 입술이 얇고 매정한 아네트는 그자를 무
슨 더러운 물건인 양 바라보는 것이었다. 처녀의 두 어
깨를 잡고 모가지를 비틀어 죽이고 싶은 만큼 한스의
분통을 터지게 한 것도 한두 번이 아니었다. 처녀가 혼
자 있는 것을 발견한 적이 한 번 있었다. 이때 처녀가
피해 나가려 하자 그자는 그 앞을 가로막았다.

"그 자리에 서, 할 말이 있다."

"어서 말해, 난 여자야. 총도 칼도 없어."

"내가 말하고 싶은 것은 이거야. 내 생각으로는 난 여
기 오래도록 머물러 있을 것 같아. 사태는 너희들 프랑
스인들에게 용이하게 진전되어 가지 않고 오히려 점점
곤경을 면치 못하도록 되어가고 있지. 난 너희들에게
이용 가치가 있을 줄 안다. 그런데 넌 왜 네 부모님처
럼 정신을 못 차리느냔 말이다."

프리예 노인이 한스에게 기울기 시작했다는 것은 사
실이었다. 그러나 노인의 태도가 다정한 것이었다고는

할 수 없었다. 매우 냉정하고 무뚝뚝하기는 했지만 예의를 벗어나는 법은 없었다.

노인은 담배를 좀 구해 달라고 청하기까지 한 일도 있었다. 그런데 그자가 담뱃값을 받으려 들지 않을 때에는 깍듯이 치사를 하곤 했다. 노인은 소와송의 뉴스를 듣고 싶어했으므로 한스가 신문을 가져오면 덤벼들어 움켜쥐다시피 했다. 농사꾼의 자식인 한스는 제법 농사 이야기를 할 줄 알았다. 이곳 농지는 크지도 작지도 않고, 알맞은 개울이 중앙을 흐르고 있어 걱정도 없고 산에는 나무가 울창하고 경토(耕土)와 목장도 있어서 참 좋다고 말하는 것이었다. 노동력도 비료도 없고 재산은 몰수당하고 하여 오로지 파멸을 기다릴 뿐이라고 노인이 탄식하면, 동정적인 이해를 표명하면서 귀를 기울이곤 했다.

"왜 부모님처럼 정신을 못 차리느냐고?" 하고 아네트는 말했다.

처녀는 자기 옷을 잡아당겨, 몸뚱이를 그자에게 보여주었다. 그자는 자기 눈이 믿어지지 않았다. 태어나서 처음으로 가슴이 격심히 떨렸다. 두 볼이 확확 달아올랐다.

"임신 아냐?"

처녀는 의자에 덜컥 주저앉았다. 두 손으로 움켜쥐고

가슴이 찢어지도록 울기 시작했다.

"이 망신을, 이 망신······."

그자는 처녀에게로 달려가 두 팔로 껴안았다.

"여보" 하고 다정스레 외쳤다. 그러나 처녀는 벌떡 일어서며 그자를 떼밀었다.

"내 몸에 손대지 마. 저리 가, 저리 가. 이만큼 남의 신세를 망쳐 놨으면 그만 아냐."

처녀는 방 밖으로 훌쩍 나가 버렸다. 그자는 멍하니 서 있었다. 기가 막혔다. 머릿속에 가지각색의 생각이 선회하는 가운데 오토바이로 소와송을 향하여 서서히 돌아갔다. 밤에 잠자리에 들었으나 몇 시간이나 좀처럼 잠이 오지 않았다. 아네트와 그 부풀어오른 배 모양만이 머릿속에서 뱅뱅 돌았다. 식탁 앞에서 두 눈이 퉁퉁 붓도록 울고 있던 그 여자의 모습은 차마 눈으로 볼 수 없을 만큼 비참하였다. 처녀의 뱃속에 있는 것은 그자의 자식이다. 그자는 꾸벅꾸벅 졸기 시작하다가도 또다시 눈을 크게 뜨고 잠이 깨었다. 갑자기 꿈에서 깨어난 것이다. 난데없는 총소리에 놀라 산산이 부서진 꿈속에서 깨어난 것이다. 처녀에 대한 사랑이 느껴졌던 것이다. 그것은 견딜 수 없는 충격이었으며 놀라움이기도 하였다. 그자가 아네트 생각을 많이 해왔다는 것은 사실이지만 이처럼 골똘히 생각했던 적은 없었다. 처녀가 자신을 보고 반하도록 만들겠다는 것은 큰 농담일 것이라고 그자는 생각해 왔었다. 강제로 빼앗아 간 것을, 처녀가 자진해서 청해 오는 때가 온다면 그것만으로도 대성공일 것이다. 그러나 지금까지는 처녀를 다른 여자 이상으로 생각하는 마음은 단 한순간도 없었다.

도대체 처녀는 그자가 좋아하는 타입이 아니었다. 물론 미인도 아니었다. 처녀에게는 아무런 매력도 느껴지지 않았다. 그러면 무엇 때문에, 이처럼 갑자기 처녀에게 이 같은 우스꽝스러운 감정을 느껴야 한단 말인가. 그것은 아무튼 기분 좋은 일은 아니었다. 두통거리였다.

그러나 그것의 정체가 무엇인가를 그자는 똑바로 알고 있었다. 그것이 바로 사랑이다. 평생 느껴 보지 못한 행복감인 것이다. 처녀를 두 팔 안에 껴안아 주고 싶었다. 어루만져 주고 눈물어린 그 두 눈에 키스해 주고 싶었다.

자기가 처녀를 원하는 것은 수놈이 암놈을 탐하는 것과는 다르다고 그자는 생각했다. 처녀를 위로해 주고 싶었다. 그리고 처녀가 자기에게 미소를 던져 주기를 바랐다. 이상한 노릇이다. 처녀의 미소를 본 적이 없으니. 그자는 처녀의 아름답고 고상하고 상냥스러운 눈동자가 보고 싶었다.

사흘 동안 그자는 소와송을 떠날 수 없었다. 사흘 밤
낮으로 아네트와 뱃속의 아이만을 생각했다. 그 후 농
가에 갈 기회를 얻었다. 프리예 마나님만을 조용히 만
나고 싶던 차에 마침 좋은 기회에 부딪혔다. 농가에서
좀 떨어진 길가에서 마나님을 만난 것이다. 마나님은
산에서 땔나무 부스러기를 주워 모아 가지고 등에 한
짐 짊어지고 집으로 돌아가는 길이었다. 그자는 오토바
이를 멈추었다. 마나님이 자기에게 정답게 하는 것은
순전히 자기가 가져다 주는 식료품 덕분이라는 것도 그
자는 잘 알고 있었다. 그러나 그런 것은 아무런 문제도
되지 않았다. 무엇인가 소득이 있으리라 생각했기 때문
에 마나님이 자신에게 예절을 갖추어 대해 주는 것이며
또한 그러하기를 애쓸 것이라는 것은 너무나도 뻔한 일
이었다.

"좀 말씀드릴 게 있습니다" 하고 그자는 마나님에게
말하며 나뭇짐을 내려놓기를 권했다. 마나님은 권하는
대로 짐을 내려놓았다. 흐리고 찌푸린 날씨였으나 춥지
는 않았다.

"전 아네트 모음을 알고 있어요." 하고 그자는 말했
다. 마나님은 기절초풍을 했다.

"어떻게 아셨소? 그애는 당신이 눈치챌까봐 성화를
했는데."

"따님이 말하더군요."

"당신이 그날 밤 저지른 그 거룩한 짓의 덕택이지."

"전 몰랐어요. 왜 제게 진작 알려 주지 않으셨습니까."

마나님은 자초지종을 말하기 시작했다. 비통한 표정을 하는 것도 아니고, 그자를 원망하는 기색도 없었다. 모두가 다 팔자소관이라고 생각하는 것 같았다. 어미소가 송아지를 낳다 죽는 경우나, 매서운 봄서리에 맞아 죽는 과실나무와 곡식의 경우와 마찬가지로, 체념과 공손한 마음으로, 인간이 감내하여야 하는 팔자소관이라고 생각하는 것 같았다.

그 몸서리치던 날 밤 이후 아네트는 며칠 동안이나 고열로 신음하면서 병석에 누워 있었다는 것이었다. 모두들 아네트가 제 정신을 잃지나 않을까 염려했었다. 몇 시간씩이나 계속해서 고함을 지르곤 했다는 것이다.

당시엔 의사란 그림자도 볼 수 없었다. 동네 의사는 모두 소집되어 군대로 나가 버렸으며 소와송 같은 도시에도 두 명밖에 남아 있지 않는 형편이었다. 그것도 모두 다 늙어빠진 의사들뿐이었다.

그러니 환자 쪽에서 진료를 받으러 갈 수는 있었다 하더라도, 어떻게 그 노인들이 왕진을 올 수 있겠는가 말이다. 더군다나 도시 밖으로 나가는 것이 금지되어

있던 판국이었다. 아네트는 열이 내린 후에도 자리에서
일어날 수 없을 만큼 몸이 편치 않았으며 자리에서 일
어났을 때에는 무척 쇠약하고 안색이 나빠 있었다. 가
련할 지경이었다. 충격이 몸서리칠 정도로 컸던 것이
다. 한 달이 지나고 두 달이 지나도 몸에는 별로 이상
이 없었으므로 아네트는 그저 무관심하게 세월을 보냈
었다. 본래 월경은 고르지 못한 편이었다. 좀 이상하다
고 아네트의 몸을 맨 먼저 의심한 것은 프리예 마나님
이었다. 마나님은 여러 가지를 딸에게 물어 보았다. 모
녀는 왈칵 겁이 났으나 확실한 것은 몰랐다.

그래서 프리예 영감에게는 아무 말도 하지 않았다.
석 달이 접어들자 이제는 의심의 여지가 없게 되었다.
아네트는 임신을 한 것이었다.

전쟁 전에 프리예 마나님이 한 주에 두 번씩 농작물
을 싣고 아침에 소와송 장터로 달리던 낡은 시트로엥
차 한 대가 있었다. 독일군 점령 후로는, 차를 몰고 소
와송까지 가서 팔 물건도 없었거니와 또 가솔린을 구한
다는 것은 불가능에 가까운 일이었다.

그러나 이제는 다른 도리가 없었으므로 그들 세 식구
는 그 차를 끄집어 내서 읍까지 달렸다. 독일군 군용차
량만이 거리에 범람하고 있었다. 놈들은 공연히 싸다니
고 있었다. 거리마다에는 독일어로 쓴 표지가 붙어 있

고 공공건물에는 독일군 사령관의 사인이 들은 포고문이 걸려 있었다. 그리고 많은 가게문은 닫혀 있었다. 그들 세 식구는 안면 있는 늙은 의사를 찾아가 그들의 의심을 확인했다. 그러나 의사 선생은 독실한 카톨릭 신자였기 때문에 그들의 청을 들어줄 수 없었다. 그들은 울며 애원해 봤으나 의사는 어깨를 으쓱 치켜 올리며,

"당신 혼자만 당하는 일이 아니오. 일포 슈프리어(사람은 어려움을 겪어 보아야 하느니)" 하고 말하는 것이었다.

그들은 또 다른 의사를 한 사람 알고 있었다. 그곳으로 가 보았다. 현관 초인종을 눌러도 한참 동안 대꾸가 없었다. 마침내 문이 열리더니 검은 옷을 입은 슬픈 얼굴의 여인이 나타났다.

"선생님을 뵈러 왔습니다"라고 하자 그 여인은 울음을 터뜨리는 것이었다. 의사 선생은 비밀결사원이라는 이유로, 독일군에게 체포되어 인질(人質)로 잡혀 있었던 것이다.

독일군 장교들이 자주 드나드는 카페에서 폭탄이 폭발하여 두 명이 죽고 수명의 부상자를 낸 사건이 있었는데, 그 범인을 일정한 시일까지 넘겨 주지 않으면 선생이 총살당하고 말 것이라는 이야기였다. 의사 선생의 부인은 상냥한 얼굴을 하고 있었으므로 프리예 마나님

은 자신들의 고민을 그녀에게 하소연했다.

"저런 가엾어라, 개 돼지 같은 놈들" 하며 부인은 동정어린 눈초리로 아네트를 바라보았다.

부인은 그들에게 읍내 산파 주소까지 알려 주며, 자기에게서 왔노라고 말하면 잘 봐줄 것이라고까지 덧붙였다. 그들은 산파를 찾아가 약 한 봉지를 받았는데 그것을 먹고 아네트는 죽을 뻔하게 앓았다. 그러나 그 후 신통한 효력도 없이 아네트의 배는 여전히 불러만 갔다.

프리예 마나님이 한스에게 들려준 이야기는 이상과 같은 것이었다. 한스는 잠시 동안 말 한마디 못 하고 멍하니 있었다.

"내일이 휴일이죠. 할 일도 없고 하니, 내일 또 와서 의논드리겠습니다. 좋은 물건 가져다 드리죠" 하고 그는 비로소 입을 열었다.

"바늘이 없는데 좀 구해다 주시구려."

"네, 구해 보겠습니다."

마나님은 나뭇짐을 걸머지고 처벅처벅 길을 걸어내려 갔다. 한스는 소와송으로 돌아가 버렸다. 이튿날은 오토바이로 달리고 싶은 생각도 없고 하여 자전거를 타고 왔다. 뒤의 짐 싣는 자리엔 식료품 한 보따리가 매달려 있었다. 그 속에 샴페인 한 병이 들어 있어 여느 날보다 보따리가 더 커보였다. 그자가 농가에 도착한 것은 어둠이 짙어가고 그들 세 식구가 일터에서 집으로 돌아와 있을 때였다. 그자가 집안에 들어서자 부엌 공기가 따뜻하고 아늑함을 느낄 수 있었다. 프리예 마나님은 음식을 만드는 중이었고 영감님은 〈파리 소와르(Paris Evening)〉라는 잡지를 읽고 있었다. 아네트는 양말을 꿰매는 중이었다.

"이보세요, 바늘 가져왔습니다. 그리고 여기 당신을 위해서 가져온 것이 있소, 아네트" 하고 그자는 보따리를 끄르며 말했다:

"난 그런 물건 싫어."

"이것 봐요. 당신 갓난애 용품을 준비하기 시작해야 하지 않겠소?" 하고 그자는 빙긋 웃었다.

"그래, 그렇잖니, 아네트야. 그리고 우린 아무것도 없으니까" 하고 어머니는 말했다. 아네트는 거들떠보지도 않고 바느질만 계속하고 있다. 프리예 마나님의 시장한 눈이 보따리 속을 살폈다.

"샴페인이 다 있네."

한스는 껄껄 웃어댔다.

"지금 제가 왜 그것을 가져왔는지 말씀드리죠. 제만엔 그래도 생각이 있어서요."

그자는 망설이더니 의자 하나를 꺼내 아네트와 마주

앉으며 말했다.

"뭐라고 말문을 열어야 할지……. 내가 그날 밤 저지른 짓에 대해서는 어떻게 사과해야 할지 모르겠어요, 아네트. 그러나 그건 내 잘못이라기보다는 그때 환경 때문이었어요. 날 용서해 주겠소?"

아네트는 증오에 찬 눈초리를 그자에게 던졌다.

"절대 안 돼. 왜 날 내버려 두지 않는 거야? 이만큼 남의 신세를 망쳐 놨으면 그만이지, 뭐야?"

"그것도 맞는 말이겠지만 난 그렇겐 생각하고 싶지 않아. 난 당신이 아이를 가졌다는 걸 알게 되자 이상한 생각이 들었어. 당신 생각과는 정반대의 생각이 말야. 난 자랑하고 싶은 생각이 났어."

"자랑하고 싶다고?" 하며 처녀는 악의에 찬 눈으로 그자를 훑어보았다.

"난 당신이 아이를 갖기를 바랐던 거야, 아네트. 당신이 아이를 떼버리지 않아서 난 기뻐."

"어떻게 그런 말을 감히 지껄인담?"

"그러나 내 말을 좀 들어 봐. 난 그 일을 알게 된 이후로는 그 일만을 생각해 왔어. 6개월 후면 전쟁은 끝나. 봄에는 영국을 항복시킬 거야. 놈들은 여태껏 호기(好機)를 다 놓쳐 왔으니까. 그렇게 되면 난 제대해서 당신과 결혼하겠어."

"뭐……? 뭐라고?"

햇볕에 익은 그자의 얼굴이 붉어졌다. 차마 프랑스어로는 말 못 할 심정이므로 독일어로 말했다. 처녀가 독일어를 한다는 것을 그자는 알고 있었다.

"이히 리베 디히(난 당신을 사랑하오)."

"뭐라는 거냐?" 하고 프리예 마나님이 물었다.

"날 사랑한대요."

아네트는 고개를 뒤로 젖히고 한바탕 깔깔 웃음을 터뜨리더니 점점 목청을 높여 웃어댔다. 웃음은 그칠 줄을 몰랐다. 눈물이 하염없이 흘러내렸다. 프리예 마나님이 딸의 두 뺨을 모질게 후려갈겼다.

"내버려 둬요. 그앤 히스테리니까요. 몸이 성치 않아서 그러는 거예요. 아시겠수?" 하고 마나님은 한스를 보고 말했다.

아네트는 숨이 막힐 듯이 흐느꼈다. 가까스로 감정을 억누르는 것이다.

"우리 약혼의 축배를 들려고 샴페인을 가져왔는데" 하고 한스는 말했다.

"정말 세상에, 원통한 일이야. 저런 어리석은 녀석에게 당하다니." 하고 아네트는 말했다. 한스는 여전히 독일어로 계속했다.

"난 당신이 어린애를 가졌다는 사실을 알게 된 그날,

비로소 내가 당신을 사랑하고 있다는 것을 알았어. 청
천의 벽력처럼 갑자기 사랑이 느껴졌어. 내가 늘 당신
을 사랑해 왔었다는 걸 그제야 알게 된 거야."

"뭐라는 소리냐?" 하고 프리예 마나님이 물었다.

"대단찮은 소리예요."

그자는 다시 프랑스어로 말했다. 아네트의 부모에게
꼭 자기 심정을 들려주고 싶었던 것이다.

"전 지금 당장이라도 결혼하고 싶습니다만 어른들이
허락하지 않을 겁니다. 절 아주 나쁜 놈이라고 생각지
는 마십시오. 저의 부모님은 부유하시며 저희 고장에서
는 그래도 대접을 받고 있는 집안이랍니다. 제가 장남
이고요, 부족한 건 아무것도 없습니다."

"카톨릭 신자시오?" 하고 프리예 마나님이 물었다.

"네, 그렇습니다."

"거 됐군."

"저희 시골은 아름답고 토질도 좋습니다. 뮌헨 인스
부릭 사이에서는 우리 고장보다 더 좋은 농토는 없어
요. 그 농토가 우리 개인 소유란 말입니다. 조부께서 '7
0년 전쟁' 후에 사신 것이랍니다. 그 외에 저희 집엔 차
도 한 대 있고 라디오도 가지고 있고 전화도 있지요."

아네트는 고개를 아버지에게로 돌렸다.

"저자만의 비상한 수단이군요" 하고 비꼬는 어조로 외

치면서 한스를 노려보았다.

"정복당한 나라로부터 서출(庶出)의 자식을 안고 온 계집, 참 저 같은 년에게는 알맞는 꼴일 거예요. 그래서 내게 행복의 기회가 왔단 말이지, 그렇죠. 그 거룩한 기회가 말예요."

본래 말이 없는 프리예 영감이었지만 이번만은 입을 열었다.

"당신이 지금 아량을 보여 주었다는 건 나도 절대 부인하지 않겠소. 나는 그 동안 전쟁을 겪어 왔고 또 평화시 같으면 못 할 일도 많이 해왔소. 그러나 인정은 역시 인정입디다. 아들 자식이 죽어 없어진 지금에 와서 아네트는 우리 늙은 내외에게 전부가 되었으니 어찌 그애를 내놔 줄 수 있겠소."

"지당한 말씀입니다. 그럼 전 그 말씀에 대한 대답을 한마디로 드리겠습니다. 제가 여기 머무르겠습니다" 하고 한스는 말했다. 아네트가 그를 흘끗 쳐다보았다.

"이 나라에는 사람이 모자란다는 것은 누구나 다 잘 알고 있는 사실입니다. 전날 소와송에서 강연한 사람의 말에 의하면 농토의 3분의 1이 노동력 부족으로 놀고 있다는 것이었습니다."

프리예 영감 내외는 서로 시선을 주고받았다. 아네트는 부모의 마음이 흔들리기 시작한 것을 눈치챘다. 억

세고 힘이 장사 같고 그들 내외가 늙어 꼬부라져서 일
도 못 하게 되면 그들의 뒤를 이어 나갈 데릴사위, 이
런 사람이야말로 아들이 없어진 후 그들 내외가 바라고
바라던 것이 아니었던가.

"그러시다면 또 문제가 다르네요. 고려할 여지가 있
어요."

하고 프리예 마나님이 입을 열었다.

"잠자코 있어요" 하고 아네트가 거친 어조로 외쳤다.
고개를 앞으로 젖히며 노기에 찬 두 눈으로 독일군을
쏘아보았다.

"난 내가 다니던 읍내 소학교 선생과 약혼했어요. 전
쟁이 끝나면 결혼하기로 되어 있다구요. 그이는 당신처
럼 키가 크지도 않고 힘도 없고 또 미남도 아냐. 키도
작고 약질이지. 그이의 단 한 가지 아름다운 점은 얼굴
에 빛나는 지성의 향기가 있다는 점뿐이야. 그리고 그
이의 단 한 가지 강한 점은 정신의 위대함이야. 그이는
야만인이 아니고 문화인이야. 그이의 혈통적 배경에는
수천 년의 문화가 깃들여 있거든. 난 그이를 사랑하고
있어. 온몸과 온갖 정성을 다하여 그이를 사랑하고 있
다구."

한스의 얼굴이 어두워졌다. 아네트에게 애인이 있다
는 것은 천만 뜻밖이었다.

"그래, 그는 지금 어디 있소?"

"어디 있다고 생각해? 독일에 있지. 포로병이야. 굶주리고 있어. 당신이 기름진 우리 나라 것을 배불리 먹고 있는 이 순간에도. 내가 당신을 저주하고 있단 이야길 도대체 몇 번이나 해야 알아듣겠느냐 말야? 날보고 용서하라고? 안 될 말씀. 절대 안 될 말이지. 저지른 죄를 갚겠다고? 어리석은 수작일 뿐이야."

처녀는 다시 얼굴을 뒤로 젖혀 들었다. 견딜 수 없는 고민의 기색이 얼굴에 감돌았다.

"패가망신이군! 그이야말로 날 용서해 주겠지. 그이는 상냥한 사람이니까. 그러나 내가 강제로 당한 게 아니고, 버터나 치즈, 비단양말 따위에 내 몸을 팔았을 것이라고 그이가 의심하지나 않을까 생각하면, 괴로워 죽겠어. 물론 나 혼자서만 당한 일은 아니지만 당신 자식, 독일군의 자식을 낳으면 그이와 나의 생활이 뭐가 되겠어. 당신같이 키가 크고 당신같이 금발 머리에 당신처럼 푸른 눈동자를 가진 자식. 오호, 하느님. 난 무슨 죄로 이 따위 고통을 겪어야 한단 말입니까?"

처녀는 일어서서 냉큼 부엌 밖으로 나가 버렸다. 잠시 동안 방 안에는 침묵만이 남아 있었다. 한스는 원통하다는 듯이 샴페인 병을 바라보다가 한숨을 내쉬며 벌떡 일어섰다. 프리예 마나님이 그의 뒤를 쫓아나갔다.

"당신이 그애와 결혼하겠다고 말한 것은 진실이었나
요?" 하고 마나님은 낮은 목소리로 그자에게 물었다.

"네, 제가 말씀드린 한마디 한마디는 모두 마음에서
우러나온 말이었어요. 전 따님을 사랑하고 있습니다."

"당신은 그애를 버리지 않겠지요? 그리고 여기 머물
러서 농사일을 하겠단 말이지요?"

"네, 맹세합니다."

"보시다시피 우리 영감이 평생 일을 계속할 수도 없
을 것이고 당신 집에선 재산을 아우님과 분배할 수도
있겠지만 우리 집에선 나눌 사람도 없는 처지가 아니겠
수."

"그도 그렇군요."

"우린 그 선생과 결혼하겠다는 아네트의 의견에 찬성
할 순 없다오. 그땐 아들놈이 살아 있었으니까, '네가
좋아한다니 할 수 없지, 하고 영감이 말했지만. 아무튼
아네트는 그놈에게 미쳤어요. 그러나 자식이 죽은 지금
에 와서는 이야기가 다르지요. 참 우리 자식놈은 불쌍
해요. 딸년이 그 선생 녀석하고 결혼하고 싶어한다 해
도 그렇게 하면 우리 영감이 혼자 손에 어떻게 농사를
짓겠느냐 말이에요."

"땅을 팔아 버리신다면 창피하실 겁니다. 전 농민이
자기 땅에 대하여 얼마나 애착을 가지고 있는가를 잘

압니다."

한스와 마나님은 어느덧 큰길까지 나왔다. 마나님은 그의 손을 잡고 지그시 힘을 주었다.

"곧 또 오시구려."

한스는 마나님이 자기 편이라는 것을 알았다. 소와송으로 돌아가는 길에 이런 생각을 하니 마음이 한결 편안해졌다. 아네트가 다른 남자를 사랑하고 있다는 것은 골치 아픈 일이다. 그러나 그자가 포로라는 것은 천만다행이었다. 만약 석방된다 하더라도 그 훨씬 전에 아기가 태어날 것이다. 아기를 낳고 나면 마음이 변할지도 모른다. 여자의 마음이란 절대 알 수 없는 것이니까. 참, 한스의 고향 동네에 어떤 부인이 있었는데 그 부인은 동네의 웃음거리가 될 만큼 지극히 남편을 사랑했다. 그녀가 아이를 낳게 되었는데 그 후부터는 남편이 보기도 싫어졌다고 한다. 그렇다면 그 정반대의 일이 안 일어난단 법도 없을 것 아닌가. 더군다나 자기가 처녀에게 청혼까지 했으니 처녀도 자기를 분별 있는 사람이라고 인정해야 할 것이다.

아아 하느님, 고개를 뒤로 젖히고 있던 그녀의 모습이 그 얼마나 가련했으며 그 처녀의 독백(獨白)이 그 얼마나 멋들어진 것이었던지요! 그리고 또 그 얼마나 근사한 말이었던지요. 아마 연극배우도 그녀의 표현 앞

에선 무색해졌을 것입니다. 더군다나 어느 한 구절 부
자연스러운 데도 없었고 프랑스 부인들의 말솜씨를 인
정치 않을 수 없지요. 오호, 그 처녀는 참으로 현명한
여자입니다. 그녀가 제게 독설을 퍼붓던 그 순간에도
그녀의 말에 귀를 기울이는 것이 즐거웠으니까요. 한스
자신도 상당한 교육을 받았지만 그녀에 비하면 어림도
없었다. 교양, 이것이야말로 그녀의 밑천인 것이다.

"참 내가 바보야"하고 그는 길을 가며 큰 소리로 중
얼거렸다. 자기를 크고 힘세고 미남이라고 그녀가 말하
지 않았던가. 그녀가 마음에도 없는 말을 했을까. 그리
고 아이는 자기를 닮아 금발에 푸른 눈일 것이라고 말
하지 않았던가. 자기 용모에 깊은 인상을 가지지 않았
으면 결코 그런 말은 하지 못했을 것이다. 그자는 혼자
서 낄낄 웃어댔다.

"시간만 있으면 된다. 참아라. 그리고 일 되어가는 대
로 맡겨 두자."

몇 주일이 지나갔다. 소와송의 사령관은 중년이 좀
넘은, 성미 느긋한 사람이었는데 청춘이란 아껴야 할
것이라는 견지에서, 부하를 혹사하지 않는 자기 자신에
지극히 만족을 느끼고 있는 자였다. 공중유도탄의 위력
으로 영국은 파멸되어 가고 있으며 국민들은 공포에 떨
고 있다고 독일 신문들은 떠들어댔다. 독일 잠수함이

대 성공리에 영국 선박을 격침시키고 있어 굶어죽게 된 판이라는 것이었다. 혁명이 눈앞에 임박했으니 여름 전까지는 만사가 다 끝장이 날 것이며, 그렇게 되면 독일 인민들이 세계의 주인이 될 것이라는 내용이었다. 한스는 고향 집에 편지를 보내, 프랑스 처녀와 결혼하여 이곳 훌륭한 농촌에서 살겠다고 부모에게 전하였다. 자기 몫으로 되어 있는 가산(家産)에서 돈을 빌려 주면, 전쟁과 환율 관계로 헐값에 땅을 살 수 있으니 자기 소유지를 증가시키는 것이 된다고도 적어 보냈다. 또 그자는 프리예 영감과 같이 농터를 돌아 보기도 하였다. 영감은 한스가 자기 이상을 말하는 것에 귀를 기울였다.

"농장에 새로운 기계들을 사들여야겠습니다. 독일 사람처럼 제초기도 있어야겠어요. 트랙터도 낡았으므로 독일에서 희한한 새 것으로 사들일 것이고 모터 가래도 올 예정이에요. 농사의 수지를 맞추기 위해서는 현대적 기계를 이용하지 않으면 안 됩니다"라고 말하기도 했다. 프리예 마나님이 후에 그자에게 말한 바에 의하면 영감이, "그 사람 참 괜찮은 젊은이요. 아는 것도 많은 것 같고"라고 말했다고 한다.

이제 마나님은 그자와 아주 친해졌다. 그래서 공휴일이면 프리예 내외와 같이 점심을 해야만 하겠다고 권하기까지 했다. 마나님은 그자의 이름을 프랑스식으로 고

쳐서 장이라고 불렀다. 그리고 그자는 언제나 이 늙은
내외에게 기꺼이 손을 빌려 주었다. 점점 달이 차 감에
따라 아네트가 일을 못 하게 되자, 일잘하는 남자를 주
위에 갖는다는 것은 해롭지 않은 일이었다.

아네트는 여전히 치열한 적의를 품고 있었다. 그자가
직접 묻는 말에 대꾸하는 것 외에는 그자에게 말 한마
디 거는 법이 없었다. 피할 수만 있으면 자기 방 속으
로 뛰어 들어가곤 했다. 날씨가 너무 추워서 자기 방에
있을 수 없는 때에는 부엌 난로 옆에 앉아서 뜨개질과
독서를 했는데 그자가 없는 거나 다름없이 본 체 만 체
했다. 처녀의 몸은 건강했고 두 뺨에는 화색이 돌았다.
그래서 한스의 눈에는 아름다워 보였다. 머잖아서 어머
니가 된다는 것이 처녀에게 이상하게도 위엄을 갖추게
해주었다. 처녀를 바라볼 때면 그자의 가슴은 환희에
뛰놀았다. 그 후 어느 날 그자가 농가로 오는 도중, 프
리예 마나님을 길에서 만났다. 부인은 손을 흔들며 발
걸음을 멈추라고 손짓했다. 그자는 급브레이크를 밟았
다.

"한 시간이나 기다렸다오. 난 안 오지나 않을까 했지.
부대로 돌아가야 해요. 피엘이 죽었어요."

"피엘이 누굽니까?"

"피엘 가방 말요. 아네트와 약혼한 그 선생 말야."

한스의 가슴은 뛰었다. 그 얼마나 다행한 일이냐. 이 제야 그자는 기회를 얻은 것이다.

"따님은 더 미칠 지경이겠죠?"

"그애는 울지도 않고, 내가 무슨 애길 하려고 하니까 그냥 날 해치려 덤벼들어요. 오늘 당신 만나면 칼로 찔러 죽이려고 할 거예요."

"그가 죽은 게 제 탓은 아닌데요. 어떻게 소문을 들으셨나요?"

"그이 친구인 같은 포로 한 명이 독일에서 도망쳐 나와 아네트에게 편지를 했어요. 오늘 아침에 그 편지를 받았어요. 충분한 급식을 하지 않았기 때문에 그 수용소 내에서 폭동이 일어나 주모자들이 총살당했대요. 피엘도 그 중 한 사람이었대요."

한스는 아무 말도 없었다. 그건 피엘에게 마땅한 처벌이었다고 생각할 뿐이었다. 놈들은 도대체 포로수용소란 것을 어떻게 생각하고 있는 것일까? 감히 반항을 하다니?

"그애의 쇼크가 가실 때까지 시간의 여유를 주시구려. 그애가 좀 진정되면 내 타이르리다. 편지를 보낼 터이니 그때 다시 오시란 말예요" 하고 프리예 마나님은 말했다.

"네, 좋습니다. 잘 부탁드리겠습니다."

"이젠 자신을 가져도 좋아요. 우리 영감과 나는 찬성하고 있어요. 의논한 결과 우리가 취할 길은 단지 하나, 현실을 받아들이는 것이라는 결론에 도달했어요. 우리 영감은 바보가 아니니까요. 지금 프랑스를 위한 최상의 찬스는 협조하는 것이라고 영감이 말했어요. 난 영감의 의견이라면 소중히 받아들이는 사람이니까 당신도 싫어하지 않는 거예요. 당신이 그 선생보다 아네트의 더 좋은 남편이 될 수 없다고 생각할 이유는 하나도 없으니까요. 더군다나 아이도 생길 것이고 그만하면 됐지요."

"전 아들을 낳았으면 해요" 하고 한스는 말했다.

"아들일 거예요. 확실해요. 커피 찌꺼기로 점도 쳐보고 또 화투 점도 쳐봤는데 언제나 아들이 나왔어요."

"아 참, 잊을 뻔했네. 여기 잡지를 가져왔어요" 하고 한스는 오토바이를 돌려, 탈 준비를 하며 말했다.

그자는 〈파리 소와르〉라는 잡지 세 권을 마나님에게 내밀었다. 프리예 영감은 이 잡지를 저녁마다 읽었다.

그 잡지에는, 프랑스 인민은 현실적이어야 하며 히틀러가 창설하는 유럽의 새로운 질서를 받아들여야 한다는 것, 독일 잠수함이 바다를 휩쓸고 있으며 독일 참모부에서는 전쟁을 영국의 패망으로 이끌어 가기 위해서 최말단부대까지 조직적인 단결을 꾀하고 있다는 것, 그리고 미국은 너무나도 전쟁 준비가 안 되어 있고 너무나도 나약하고 너무나도 여론이 분열되어 영국을 도울 수 없으니 프랑스는 신이 보내 주신 이 호기(好機)를 잃지 말고 통치자에 대한 충성된 협조로써 새로운 유럽에서 영예로운 자리를 다시 차지하도록 해야 한다는 기사 등이 실려 있었다. 그런데 이 모든 기사는 독일인이 아닌 프랑스인들이 쓴 것이었다. 재벌들과 유태인들은 멸망할 것이며 프랑스의 빈민들은 결국 자기네 몫을 찾게 될 것이라는 기사에 이르러서는, 영감은 고개를 끄덕끄덕하며 감탄을 금치 못하는 모양이었다. 프랑스는 본질적으로 농업국이며 기본을 이루고 있는 것은 근면한 농부들이라고 논파한 현명한 인사의 말은, 과연 지당한 말씀이며 참 훌륭한 말이기도 했다.

피엘 가방의 사망의 소식이 전해진 지 열흘이 지난 어느 날, 저녁 밥상을 물린 후 프리예 마나님은 영감과 짜고 아네트에게 말을 건넸다.

"장에게 내일 오라는 편지를 며칠 전에 보냈단다."

"미리 알려 주셔서 고맙군요. 난 방 속에 꾹 박혀 있겠어요."

"오오, 이것 봐라, 애야, 어리석은 짓은 않겠지? 피엘은 죽었고, 장이 너를 사랑하며 너와 결혼하자는 게 아니냐. 더구나 그는 미남이잖니. 그를 남편으로 삼을 수 있다면 뭇처녀가 다 자랑으로 여길 것이다. 그의 도움

없이 우리가 어찌 이 농장을 새로 정비할 수 있겠니?
그는 자기 돈으로 트랙터와 가래도 사들이겠다고 하지
않니. 과거는 과거가 아니냐."

"어머니, 어머닌 허튼 소릴 하고 있어요. 전 전에도
제 생활비를 벌었으니까 또다시 벌 수 있어요. 난 그자
가 미워요. 그자의 허식과 거만이 싫어요. 그잘 죽여 버
리고 싶어요. 그자가 죽으면 내 속이 다 후련하겠어요.
그자가 날 괴롭힌 것처럼 나도 그자를 괴롭혀 주고 싶
어요. 그자가 내 몸을 망친 것처럼, 나도 그자를 망칠
방법이 발견된다면 난 죽도록 행복할 거라고 생각해요."

"애야, 넌 너무 미련하구나, 딱한 애 같으니."

"애야, 너의 어머니 말이 맞다. 우린 전쟁에서 패한
것이니 그 결과를 받아들이는 수밖에 없다. 우리는 정
복자들과 가능한 한 가장 좋은 타협을 해야 한다. 우린
그자들보다 계산이 빠르니 노름을 잘만 한다면 한 밑천
잡을 수도 있을 거야. 프랑스는 썩어빠졌어. 우리 나라
를 망쳐 놓은 것은 유태인이고, 재벌들이야. 잡지를 좀
읽어 봐라, 너도 저절로 알게 될 테니" 하고 프리예 영
감이 말했다.

"그따위 잡지에 실린 것을 내가 한마디라도 믿을 줄
아세요. 그자가 왜 독일군에게 파는 잡지를 아버지에게
가져온다고 생각하세요? 그 기사를 쓴 자들은 반역자,

매국노들이에요. 오 하느님, 이 목숨이 살아 남아서 그
자들이 우리 애국자들의 궐기(蹶起)를 만나 갈가리 찢
겨 죽는 꼴을 보게 해주소서. 그자들은 매수된 거예요.
독일 마르크스에게 매수된 개들이에요."

프리예 마나님은 격분을 참지 못했다.

"그럼 뱃속의 자식은 어떡할 셈이냐? 물론 강제로 당
했다고는 하지만, 더구나 그땐 그가 취했기 때문이 아
니냐. 그런 일은 여자가 처음 당하는 일도 아니고 또
마지막으로 당하는 일도 아닐 것이다. 그자가 너희 아
버지를, 때려눕힌 돼지처럼 피를 흘리게 한 것도 사실
이다. 그러나 너희 아버지는 어디 그자에게 악의를 품
더냐?"

"그건 참 불쾌한 일이었지만 난 이제 다 잊어버렸다."
하고 프리예 영감은 말했다. 아네트는 거친 웃음 소리
를 터뜨렸다.

"아버진 목사가 되실 걸 그랬군요. 가해자를 진짜 기
독교 정신으로 용서해 주시니."

"그래, 그게 뭐가 나쁘단 말이냐? 그자는 속죄를 하
기 위해 가능한 모든 일을 하지 않더냐? 그가 없었던들
너희 아버지가 여태 어디서 담배 한 개비 얻어 피웠겠
느냐 말이다. 우리가 굶주리지 않은 것도 그게 다 누구
덕인 줄 아니?" 하고 프리예 마나님은 화를 냈다.

"어머니가 자존심이 있고 체면이 있다면 그놈의 선물을 그놈의 상판대기에 던져 버렸어야 해요."

"넌 그 물건의 혜택을 안 받은 줄 아니, 응?"

"절대 안 받았어요, 절대……."

"거짓말 마라, 뻔히 알면서. 넌 그자가 가져온 치즈, 버터, 정어리 통조림은 먹기를 거부해 왔지만 너도 알다시피 네가 여태껏 마신 수프는 그자가 가져온 고기를 넣고 끓인 게 아니었더냐. 또 네가 오늘 밤에 샐러드를 날로 먹지 않은 것도 그자가 가져다 준 기름 덕분이 아니냔 말이야."

아네트는 깊은 한숨을 내쉬고 한 손으로 눈물을 훔쳤다.

"알고 있었어요. 난 먹지 않으려 애썼으나 너무 배가 고파서 하는 수 없었어요. 그래요. 그자가 가져 온 고기가 속에 들어간 것을 알고 있었어요. 그러면서도 난 그 국을 먹었어요! 그 샐러드가 그놈이 가져온 기름으로 만들어진 것이라는 것도 알고 있었어요. 안 먹으려 했으나 너무나도 먹고 싶어서……. 그것을 먹은 건 내가 아녜요. 내 속에 숨어 있는 기갈증이 걸린 짐승이었어요."

"넌 이것도 저것도 아니다, 넌 그걸 먹었으니까."

"창피하고 한심할 뿐예요. 그자들은 탱크와 비행기로

우리의 군대를 격파해 놓고 우리가 무력해진 지금에 와
서는 우리를 굶주리게 함으로써 우리의 정신을 때려부
수고 있는 거예요."

"그런 연극에 나오는 것 같은 말은 해서 무슨 소득이
있단 말이냐. 얘야, 교육받은 여자치고는 넌 정말로 지
각이 없구나. 지난 일은 잊어버리고 그 사람, 일꾼 둘
몫은 단단히 할 사람이니 아무 말 말고 공연히 네 자
식, 아비 없는 자식 만들지 않도록 해라. 그렇게 하는
것이 지각 있는 행동이란다."

아네트는 성가시다는 듯이 어깨를 으쓱 치켜올리더니
다시 입을 꾹 다물어 버렸다. 이튿날 한스가 왔다. 아네
트는 샐쭉한 얼굴로 대할 뿐, 아무 말도 하지 않고 꼼
짝도 하지 않았으나 한스는 싱글싱글 웃어 보였다.

"도망가지 않아서 고맙소" 하고 그는 말했다.

"부모님은 당신을 청해 놓고 동네로 나가 버리셨으니
당신과 분명하게 얘기를 하고 싶던 차에 잘됐어요. 앉
아요."

그는 코트와 헬멧을 벗고 식탁 앞에 걸터앉았다.

"부모님은 내가 당신과 결혼하기를 바라고 있어요.
당신은 약은 짓을 해왔습니다. 선물과 갖은 감언이설로
두 늙은이를 녹여 버렸어요. 늙은이들은 당신이 가져다
준 그 잡지에서 읽은 것을 모두 다 믿고 있어요. 난 당

신과는 결혼할 의사가 없다는 것을 당신께 일러 드리는
것입니다. 내가 당신을 미워하듯이 인간을 미워한 적은
한 번도 없었어요."

"독일어로 말하겠습니다. 내 말을 잘 알아들으실 줄
압니다."

"물론이죠, 전 독일어 교사를 했으니까요. 2년 간 슈
투투가르트에서 두 여학생의 가정교사 노릇을 했었으니
까요."

그자는 독일어로 시작했으나 처녀는 프랑스어로 계속
했다.

"난 당신을 사랑하고 있을 뿐 아니라 숭배하고 있어
요. 난 당신의 높은 품격과 송죽 같은 절개를 숭배합니
다. 당신은 내가 알아맞힐 수 없는 무엇인가를 지니고
있습니다. 난 당신을 존경합니다. 오오, 그것이 가능한
지금에 와서까지도 당신이 나와의 결혼을 원치 않으리
라는 것도 난 짐작하고 있습니다. 그러나 어차피 피엘
은 죽지 않았습니까."

"그이 이야긴 하지 말아요. 정말 못 참겠으니까." 하
고 처녀는 격분한 어조로 외쳤다.

"그가 죽어서 안됐다고, 난 당신을 위하여 그렇게 말
할 따름입니다."

"독일놈 감시원 손에 무참히도 사살당했지."

"조만간에 그의 죽음을 그다지 슬퍼하지 않을 때가 아마 올 겁니다. 알겠어요. 당신은 사랑하는 사람이 죽으면 못 살 것이라고 생각했겠지요?. 그러나 당신은 그 슬픔을 이겨내지 않았습니까. 그렇다면 당신 뱃속의 아이에게 아버지를 갖도록 해주는 것이 보다 좋지 않을까요?"

"당신이 독일인이고 내가 프랑스 여자라는 것을 아무려면 내가 잊을 수 있다고 생각해요? 독일인의 부속물인 어리석음을 당신이 가지고 있지 않다면, 그 아이는 내 목숨이 끊어지기 전까지는 내게 대한 비난의 시라는 것을 알 겁니다. 내게는 친구도 없다고 생각하나요? 독일 병정과 만든 아이를 데리고, 내가 어찌 친구의 얼굴을 바로 쳐다볼 수 있겠느냐 말이에요. 당신께 단 한 가지 청하고 싶은 것은 더럽혀진 이 몸을 그냥 내버려 둬 달라는 거예요. 가줘요.제발 좀 가줘요. 그리고 다신 오지 말아 줘요."

"그래도 그애는 내 자식이 아니오? 난 그애가 귀여워요."

"뭐라고? 미친 개처럼 술에 취해 가지고 만든 사생아를 당신이 그렇게 대단하게 여길 이유가 뭐가 잊느냐 말야?" 하고 처녀는 깜짝 놀라며 말했다.

"당신은 내 심정을 몰라. 난 자랑스럽고 행복해요. 난 당신이 아이를 가졌다는 걸 안 그때부터 당신을 사랑한

다는 걸 알았어. 너무나도 놀라운 일이어서 처음에는
믿을 수가 없었지. 내 심정을 알겠소? 세상에 나올 아
이는 내 전 세계와도 같아. 오오, 이 내 심정을 어떻게
표현해야 할지. 나도 알 수 없는 감정이 내 가슴속에
싹터 나온 거요."

처녀는 한결같이 그자를 바라보았다. 두 눈에는 이상
야릇한 빛이 감돌았다. 승리의 표정이라고도 할 수 있
는 야릇한 빛이었다. 처녀는 짤막한 웃음을 던지고 이
렇게 말했다.

"난 당신네들 독일군의 야만성을 이 이상 더 미워하
기도 싫고 센티멘털을 경멸하기도 싫어요."

그자는 처녀의 말을 듣고 있는 것 같지도 않았다.

"난 늘 아들 생각을 하고 있어."

"벌써 아들로 정해 놨군요."

"아들일 것을 난 알고 있어. 난 그놈을 안아 주고 싶
어. 그리고 그놈이 자라면 내가 알고 있는 모든 것을
가르치고 싶어. 승마, 사격도 가르치고 이곳 강에 고기
가 있는지는 모르지만 낚시질도 가르치고, 난 이 세상
에서 가장 자랑스러운 아버지가 되겠어."

처녀는 매서운 눈초리로 그자를 쏘아 보았다. 딱딱하
고 준엄한 표정이었다. 어떤 생각, 몸서리치는 어떤 생
각이 여자의 마음속에 떠오르고 있었다. 그자는 그녀에

게 마음을 터놓은 미소를 보냈다.

"내가 그애를 얼마나 사랑하는가를 눈으로 본다면 아마 당신도 날 사랑하게 될 거야. 난 당신의 훌륭한 남편이 되고 싶은 거야. 알겠소, 여보."

처녀는 말없이 음울한 표정으로 그자를 여전히 바라보고 있었다.

"당신은 내게 한마디의 상냥한 말도 하지 않았지" 하고 그자는 말했다. 처녀는 얼굴이 빨개지며 두 손을 꽉 움켜쥐었다.

"남들이 날 멸시할 거야. 난 내 스스로를 멸시하는 짓은 못 해. 당신은 내 원수야. 영원히 원수일 거야. 난 프랑스의 해방을 꼭 보고 죽을 테야. 해방은 반드시 올 테니까. 내년, 내후년, 아니 내내 후년에는 아마 해방이 될 거야. 남이야 자기 멋대로 행동해도 상관없지만 난 우리 나라를 침략한 자들과 타협할 수 없어. 난 당신을 미워하며 당신이 내게 배게 한 자식을 미워해. 그래, 우린 전쟁에 패했지만 끝장이 나기 전엔, 우린 정복되지 않는다는 걸 알게 될 거야. 자아, 어서 가요. 내 마음은 이미 정해진 것이니, 이 거룩한 땅 위에서 아무도 내 마음을 변경시킬 순 없어."

그자는 잠시 아무 말이 없었다.

"병원에 가서 낳을 준비를 해야지? 비용은 내가 다

부담할게."

"우리가 이 수치를 동네방네 퍼뜨리고 다니고 싶어하는 줄 알아? 모든 필요한 해산 처리는 어머니가 할 거야."

"무슨 일이 있으면 어떡하지?"

"당신 일이나 걱정해요."

그자는 한숨을 쉬며 일어섰다. 그자가 문을 닫고 나가자 처녀는, 그자가 오솔길을 걸어 한길로 내려가는 모습을 내다보고 있었다. 그자의 이야기를 듣고 있노라면, 그자에게 여지껏 느껴 본 일이 없는 이상한 감정이 가슴에 떠올랐다. 그 사실을 인정할 수밖에 없다는 것은 분통스런 일이었다.

"오오, 하느님. 저에게 용기를 주소서" 하고 처녀는 외쳤다.

잠시 후, 그자가 걸어나가는 것을 보자 몇 해 동안 집에서 기르고 있는 늙은 개가 그자에게로 달려가 큰 소리로 짖어 댔다. 그자는 몇 달을 두고 그 개를 달래 왔으나 개는 도무지 따르지 않았다. 그자가 어루만져 주려 해도 개는 으르렁 소리를 지르고 뒷걸음질을 치면서 이빨을 내밀었다. 그리고 미친 듯이 그자에게로 달려들었다. 한스의 머리에는, 이놈의 개를 없애 버려야겠다는 생각이 들었다. 야만적이고 무참하게도, 발길로

개를 차버렸더니 개는 수풀 속으로 나가떨어지며 다리를 절룩절룩하고 캥캥거리며 저리로 가버렸다.

"나쁜 놈. 다 거짓말이었어, 거짓말—. 그자에게 동정이 간 건 내 마음이 약해진 탓이야" 하고 처녀는 외쳤다. 문 옆에 걸려 있는 거울 속에 자기 꼴이 비쳤다. 몸을 꼿꼿이 펴고 거울 속을 들여다보며 미소를 던졌다. 아니, 미소라기보다는 귀신같이 얼굴을 찌푸려 봤다고 하는 편이 맞을 것이다.

때는 3월. 소와송의 주둔병 사이에는 한바탕 활기가 떠돌았다. 매일같이 사열을 받고 맹훈련이 벌어졌다. 갖가지 소문이 자자했다. 병졸들은 제멋대로 이동지(移動地)를 추측할 뿐이었다. 결국 영국을 침범할 준비가 완료됐다고 말하는 자가 있는가 하면 발칸으로 파견될 것이라고 떠드는 자도 있었다. 또 우크라이나라고 외치는 자도 있었다. 한스는 내내 바빴다. 둘째 공휴일 오후에야 비로소 이 농가로 빠져나올 수 있었다. 진눈깨비 내리는 춥고 어두운 날씨였다. 한바탕 바람이 일면 금방 눈이 쏟아질 것 같은 하늘이었다. 프랑스란 나라 그 자체까지도 음울하고 무시무시한 것처럼 보였다.

"당신이구려! 우린 당신이 죽었는 줄 알았어요" 하고 프리예 마나님은 막 집 안에 들어선 그자에게 소리를 질렀다.

"그 동안 도저히 올 수가 없었어요. 저희는 곧 이동할 겁니다. 확실한 시기는 모르겠지만."

"오늘 아침 순산했다우, 아들이야."

한스의 심장이 크게 뛰놀았다. 두 팔로 마나님을 얼싸안고 두 뺨에 마구 키스를 퍼부었다.

"주일날 난 아이니까 다복할 겁니다. 샴페인으로 축배를 올리시죠. 그런데 아네트의 건강은 어떻습니까?"

"예상과 같이 양호해요. 아주 순산이었어. 어젯밤부터 진통이 오기 시작해서 오늘 새벽 다섯시에 해산했어요."

프리예 영감은 난로에 될 수 있는 한 바싹 붙어 앉아서 곰방대를 피워 물고, 아들이라고 떠들어대는 광경을 조용히 바라보고 있더니,

"첫아이란 가문에 영향이 큰 법이라네" 하고 말했다.

"아기는 당신을 꼭 닮아 숱이 많은 금발이에요. 그리고 눈도 당신 말마따나 푸르고. 그렇게 귀여운 아긴 처음 봐. 아버지를 꼭 닮았어" 하고 프리예 마나님은 말했다.

"오호, 하느님. 전 너무나도 행복합니다. 얼마나 예쁜 놈일까요! 아네트가 보고 싶다" 하고 한스가 외쳤다.

"그애가 당신을 만나려 할는지! 흥분하게 하고 싶지 않아요. 젖이 안 나오면 큰일이니까."

"아니 아니. 나 때문에 산모를 흥분시켜서는 안 되죠. 날 만나기 싫대도 상관없습니다. 그러나 아기만은 잠깐 보여 주십시오."

"어떻게 해보리다. 애를 이리 데려오도록 하지요."

프리예 마나님은 방 밖으로 나갔다. 무거운 걸음걸이로 층계를 쿵쿵 하고 올라가는 소리가 들렸다. 그러나 다음 순간, 쿵쾅 하고 다시 내려오는 소리가 났다. 이어 부엌 안으로 뛰어들어가는 소리가 났다.

"아무도 없어. 산모가 방에 없어요. 갓난애도 없고."

프리예 영감과 한스는 놀라서 소리를 질렀다. 그리고 그들 셋은 어느 겨를에 이층으로 한걸음에 뛰어 올라갔다. 겨울의 거친 오후 볕이, 방 안의 낡은 세간과 쇠침대와 값싼 장롱과 컴컴하고 천박한 서랍장을 비출 뿐, 방안은 텅 비어 있었다.

"그애가 어디로 갔을까?" 하고 프리예 마나님은 얼빠진 목소리로 말했다. 마나님은 좁은 복도로 뛰어가 문을 열고 딸의 이름을 불렀다.

"아네트야, 아네트야. 에그 무슨 미친 짓이냐!"

"응접실에 있을지도 몰라."

그들은 비워 둔 응접실로 뛰어 내려갔다. 문을 여니 차가운 공기가 얼굴에 확 끼쳤다. 광문도 열어 봤다.

"그애는 밖으로 나갔나 봐. 끔찍한 일이 일어 났어."

"어떻게 밖으로 나갈 수 있었을까?" 하고 근심에 죽을상이 된 한스가 반문했다.

"앞문으로 나갔어. 모두가 정신 빠졌군."

프리예 영감은 앞문으로 가봤다.

"맞았어. 빗장이 벗겨져 있군."

"오호, 하느님 하느님. 무슨 끔찍한 짓이람! 그애는 죽어요, 죽어—" 하고 프리예 마나님은 외쳤다.

"따님을 찾아내야지요." 하고 한스가 말했다. 그자는 늘 드나들던 부엌으로 본능적으로 뛰어들어갔다. 모두 그자의 뒤를 따라 들어갔다.

"어느 쪽으로 갔을까?"

"개울로" 하고 마나님이 허덕이며 말했다. 그자는 공포에 싸여 화석이 된 것처럼 가만히 서서 넋 잃은 마나님을 멍하니 바라보고 있을 뿐이었다.

"요망스런 생각이 들어, 요망스런 생각이" 하고 마나님이 외쳤다.

한스가 문을 홱 열어젖혔다. 이때 아네트가 들어왔다. 아네트는 잠옷에 얇은 레이온 가운을 들고 있을 뿐이었다. 누르스름한 바탕에 시퍼런 꽃무늬가 놓인 가운이었다. 몸은 흠뻑 젖어 있고, 머리칼은 흩어진 채로 젖어서 머리에 찰싹 붙은 것이 구지레하게 가닥가닥으로 어깨 위에 떨어져 있었다. 얼굴은 죽은 사람처럼 창백했다. 프리예 마나님이 딸에게로 뛰어가 두 팔로 덥석 껴안았다.

"어디 갔었니? 오호, 가엾은 자식. 몸이 흠뻑 젖었구나. 이게 무슨 미친 짓이냐!"

그러나 아네트는 어머니를 밀어젖혔다. 한스가 눈에 띄었다.

"응, 너 참 잘 왔구나, 한스."

"아기는 어디 있니?" 하고 프리예 마나님이 외쳤다.

"즉시 해치우는 수밖에 없었어. 시간이 지나면 용기가 안 날까 두려웠어."

"아네트야, 어떻게 했단 말이냐?"

"난 마땅히 해버려야 할 짓을 했어요. 그 자식, 개울물에 담가 죽여 버렸어—."

한스는 큰 소리를 질렀다. 치명상을 입은 동물의 소리를 질렀다. 그리고 얼굴을 두 손으로 가리고 술 취한 사람 모양 비틀거리며 밖으로 뛰어나가 버렸다.

아네트는 의자에 주저앉아 이마에 두 주먹을 대고 미친 듯이 울음을 터뜨렸다.

어머니의 치정(痴情)

파티오(스페인식 안뜰) 쪽에서 떠들썩한 소리가 들려
왔다. 사람들이 두서넛 자기 방에서 뛰어나와 귀를 기
울인다.

"새로 이사왔군. 저 여자, 짐꾼하고 언쟁을 하고 있
네" 하고 여자 하나가 말했다.

파티오를 둘러싼 이 이층 아파트는 세빌랴에서도 가
장 극성맞은 팬들이 사는 구역인 라마카레나 뒷거리에
위치하고 있었다. 셋방의 주인공들이란 노동자, 스페인
을 좀먹는 말단관리, 우체부, 순경 또는 전차 차장들이
었다. 아이들이 우글우글했다. 이십 세대가 그곳에 살
고 있는 것이다. 그들은 서로 헐고 까불고 앙갚음을 주
고받기도 했지만 필요한 경우에는 서로 도와주기도 했
다. 안달루시안이란 본래 성격이 좋아서 대체로 서로
사이좋게 살아가는 사람들이다. 얼마 동안 방 하나가
비어 있더니 오늘 아침 여자 한 명이 그 방에 든 것이
었다. 한 시간쯤 지나서 그 여자는 잡동사니들을 자기
자신이 들 수 있는 데까지는 들고, 나머지는 갈레고 한
명에게 지워 가지고 왔다(스페인에서는 갈리시아인들이
주로 짐꾼 노릇을 했으므로 갈레고라고 불렀다).

그런데 언쟁은 점점 소리가 높아 갔다. 아래층에서
엿듣고 있던 두 명의 여인네는, 한마디라도 빠뜨리면
안 된다는 듯이 이층 발코니로 올라가 몸을 찰싹 기대

었다.

새로 들어온 여자가 욕설을 퍼붓는 째지는 목청과 짐 꾼이 간간이 대꾸하는 퉁명스런 소리가 들려왔다.

"돈 다 낼 때까지 난 못 가겠소" 하고 짐꾼은 되풀이 했다.

"그러나 돈은 냈잖아요. 3리라만 달라고 그러지 않았 어요?"

"천만에! 4리라에 가자고 하지 않았소."

그들은 2펜스 반도 못 되는 돈을 가지고 가겠다느니 못 가겠다느니 하고 야단들이었다.

"아니 이까짓 것 나르는 데 4리라나 달란 말야? 미친 소리."

여자는 그를 밀어제칠 듯했다.

"다 받을 때까지 나는 못 가겠소."

짐꾼은 되풀이했다.

"그럼 1페니만 더 주지."

"난 못 받겠소."

싸움은 점점 크게 벌어져 갔다. 여인네는 고함을 지 르고 욕설을 퍼부으며 짐꾼의 얼굴에 마구 주먹질을 했 다. 결국 짐꾼이 지고 말았다.

"응, 좋소. 1페니만 주쇼. 당신같이 더러운 것하곤 상 대도 하기 싫으니까."

돈을 받자 짐꾼은 그 여인의 매트리스를 내던지고 가
버렸다. 여인은 그자의 등에다 대고 욕설을 퍼부었다.
그리고 방 밖으로 나와 물건을 집어들었다. 이때 발코
니에서 엿보던 두 여자 눈에는 그 여인의 얼굴이 잘 보
였다.

"카라이(어머나), 저렇게 추악한 얼굴일 수가! 살인
귀 같아."

때마침 처녀 하나가 이층으로 올라왔다. 처녀의 어머
니가 물었다.

"로사리아, 너 저 여자 봤니?"

"갈레고한테 어디서 온 여자냐고 물었더니 트리아나
에서 짐을 가져왔대요. 4리라 주겠다고 해놓고 안 준다
는 거예요."

"이름은 뭐라든?"

"모른대. 그러나 트리아나에서는 모두들 그 여자를
라카치라라고 부른대요."

여우 같은 그 여인이 다시 나와, 잊어버리고 들어간
보따리를 들여갔다. 발코니에서 시치미를 떼고 보고 있
던 여자들은 말없이 흘끗 쳐다보았다. 로사리아가 질색
을 했다.

"난 저 여자가 무서워."

라카치라는 갓 마흔이었다. 여위고 아주 말라서 손의

뼈가 앙상하고 손톱도 독수리 발톱 같은 다줌마였다. 볼이 쑥 들어간 데다가 살결은 쭈글쭈글하고 빛깔마저 누랬다. 그 입술이 시퍼렇고 두꺼운 입을 벌리면 맹수 같은 날카로운 이가 나왔다. 머리칼은 검고 푸석하며 형편없이 엉켜 막대기 묶음같이 어깨 위에 떨어져 있었다. 눈꺼풀 속에 깊숙이 처박힌 크고도 검은 눈동자는 사납게 번쩍거렸다. 감히 접근하여 말도 못 붙일 정도의 무서운 얼굴이었다.

그 여자는 아무와도 사귀지 않고 언제나 혼자였으며 그럴수록 이웃 사람들의 호기심은 더욱 머리를 치밀었다. 그 여자가 가난하다는 것은 모두들 알고 있었다. 그것은 그 남루한 의복만 보아도 알 수 있었다. 여자는 매일 아침 여섯시에 나가 밤이 되지 않으면 돌아오지 않았다. 그러나 어떻게 해서 생계를 꾸려 나가고 있는지는 아무도 몰랐다. 모두들 같은 아파트에 들어 있는 순경을 붙잡고 좀 수사해 달라고 성화들이었다.

"그 여자가 소송을 일으키지 않는 한 난 모르겠소" 하고 순경은 말했다.

그러니 세빌랴에서는 남의 험담이 금세 퍼지는 법이어서 2,3일 후 이층에 사는 석공(石工)이 새소식을 가져왔다. 트리아나 지역에 사는 친구가 그녀의 내력을 안다는 것이었다. 라카치라는 불과 한 달 전에 출옥했

으며, 살인죄로 7년 간 복역했다는 것이었다. 여자는
트리아나에 방 하나를 얻어 살고 있었는데 신분이 알려
지자 동네 애들이 그녀에게 돌을 던지고 이름을 마구
불러대고 해서 그때마다 여자는 그애들에게 마주 대들
며 갖은 욕설을 퍼붓고 주먹질을 하곤 했다는 것이며,
그 결과 한바탕 소동을 일으킨 끝에 집주인으로부터 나
가 달라는 통고를 받게 되었다고 한다. 그래서 라카치
라는 집주인과 자기를 몰아낸 모든 사람들에게 입에 담
지도 못하는 욕설을 퍼부으며 어느 날 아침 갑자기 없
어져 버렸다는 것이었다.

"그럼 살해당한 자는 누구일까?" 하고 로사리아가 물
었다.

"그 여자 애인이래" 하고 석공이 대답했다.

"그 여자에게 붙을 남잔 없을 텐데" 하고 로사리아가
멸시에 찬 웃음을 던지며 말했다.

"마리아님! 우리만은 죽이지 않도록 해주옵소서. 그
러기에 살인범 같다고 내가 그러지 않았어!" 하고 처녀
의 어머니인 필라가 외쳤다.

질색을 한 로사리아는 몸을 움츠렸다. 이때 낮일에서
돌아온 라카치라가 나타난 것이다. 이야기하고 있던 사
람들이 갑자기 소스라쳤다. 모두들 한데 뭉치려는 듯이
비실비실 몸을 움직이며 겁난 표정으로 그녀의 험상궂

은 눈을 바라보았다. 여자는 말 한마디 못 하고 있는
그들을 불길한 무엇인 양, 의혹에 찬 시선으로 재빨리
흘끗 바라보았다. 순경이,

"저녁 잡수셨습니까" 하고 말을 건네었다.

"보아나 세르, 안녕하세요" 하고 여인은 오만상을 찌
푸리며 말하고는 재빨리 그들의 앞을 지나 방 안으로
들어가서는 문을 쾅 하고 닫아 버렸다.

문을 잠그는 소리가 들렸다. 악마와 같은 살기에 찬
눈초리에 질려, 그들은 기분이 나빴다. 모두들 무슨 불
길한 주문이라도 듣고 있는 듯이 수군수군하였다.

"악마가 속에 들어 있어요" 하고 로사리아가 입을 열
었다.

"마뉴엘, 우릴 보호해 줄 당신이 여기 계셔서 마음 든
든하구려" 하고 처녀 어머니가 순경을 보고 말을 덧붙
였다.

그러나 라카치라는 말썽을 일으키기도 귀찮은 모양이
었다. 아무에게도 말 한마디 걸지 않고 곧장 자기 할
일만 했으며, 남의 모든 호의를 퉁명스럽게 거절했다.
살인을 범하고 오랜 감옥살이를 했다는 자기의 비밀을
이웃 사람들이 알고 있다는 것을 여자는 눈치채고 있었
다. 그래서 얼굴 표정도 점점 더 무서워졌고 깊숙이 파
진 두 눈을 한층 더 냉혹하게 번쩍거렸다. 그러나 그녀

의 비위를 거슬리게 하던 걱정거리도 차츰 없어져 갔다. 수다스러운 필라까지도, 가끔 파티오에 앉아 있는 사람들 사이를 지나가곤 하는, 이 말없고 무시무시한 마귀에 대하여 무관심해졌던 것이다.

"아마 감옥살이하는 동안에 머리가 돌았나 봐. 그렇게 되기 쉽대."

그러나 어느 날 그들의 쑥덕공론을 다시 일게 하는 사건 하나가 일어났다. 청년 한 명이 레자—이 세빌랴 아파트 앞문을 담당하고 있는 무거운 쇠대문—에 나타나 안토니오 산체스란 사람을 찾았다. 파티오에서 치마를 꿰매고 있던 필라는 딸을 바라보고 어깨를 으쓱 치켜 올렸다.

"그런 사람은 여기 없소" 하고 그 여자는 말했다.

"네. 그럴 겁니다" 하고 청년은 대답했다. 그리고 잠시 가만 있더니, "라카치라란 이름으로 알려져 있으니까요."

"아! 저 방이에요" 하고 로사리아가 대문을 열어 주며 방문을 가리켰다.

"고맙습니다."

청년은 처녀에게 미소를 던졌다. 처녀는 미인이었다. 두 볼에는 불그스름한 화색이 떠돌고 눈은 멋지고 대담해 보였다. 광택이 나는 검은 머리에는 카네이션이 꽂

혀 있었다. 가슴은 풍만했으며 블라우스 속에 담긴 젖
꼭지가 도발적이었다.

"처녀를 낳으신 어머니에게 축복 있으시기를" 하고 청
년은 판에 박은 스페인식 인사를 던졌다.

"봐야 우스테드 곤 디오스(하느님의 은총이 있으시옵
기를)" 하고 필라도 대꾸했다. 청년은 걸어들어가 여자
의 방문에 노크를 했다. 모녀는 호기심을 가지고 청년
의 뒤를 바라보았다.

"저 청년이 누굴까? 라카치라를 찾아온 사람은 한 번
도 없었는데" 하고 필라는 말했다.

청년이 노크를 해도 안에서는 아무런 기척도 없었다.
그는 또 노크를 했다.

"거 누구요?" 하고 라카치라가 거친 말투로 묻는 소
리가 들렸다.

"마드레(어머니)! 마드레!" 하고 청년이 외쳤다.

"뭣!" 하고 소리지르는 것이 들렸다. 문이 벼락같이
열렸다.

"큐리토!"

여자는 아들의 목을 얼싸안고 정열적인 키스를 퍼부
었다. 아들을 쓰다듬고 사랑에 넘치는 몸짓으로 얼굴을
어루만졌다. 이 광경을 보고 있던 모녀는 그녀의 어디
에 그런 상냥한 맛이 숨어 있었나 싶었다. 마침내 반가

움의 눈물을 흘리며 여자는 아들을 방 안으로 끌어들였
다.

"아줌마 아들이군요. 아무도 안 믿을 거예요! 저렇게
근사한 청년이······."

큐리토는 말쑥한 얼굴에 이(齒)마저 새하얗다. 머리
를 짧게 깎고 관자놀이에서 싹 면도를 한 품이 정통 안
다루시안임에 틀림없는 얼굴이었다. 면도 자국이 고동
색 피부 위에 푸르게 보이는 것이 제법 어른다웠다. 시
원스럽고 쾌활한 사내임에 틀림없다. 그의 멋진 옷맵시
는 전 국민의 사랑이라도 끌 것 같았다. 꼭 맞는 바지
에 짧은 재킷과 가장자리에 주름 잡힌 셔츠는 최신식의
것이었으며 챙이 넓은 모자를 쓰고 있었다.

이윽고 라카치라의 방문이 열리더니 여자가 아들의
팔에 매달려 나타났다.

"다음 휴일날 또 오겠지?" 여자가 물었다.

"별일이 없으면요."

청년은 로사리아를 흘끗 보고는 자기 어머니에게 인
사를 한 다음 또 로사리아에게 고갯짓을 했다.

"하느님의 은총이 있으시옵기를." 하고 처녀는 말했
다.

처녀는 그 청년에게 미소를 보냈다. 처녀의 검은 눈
이 빛났다. 라카치라는 이 광경을 가로막고, 치열한 기

뺨도 사라져 버린 듯 실쭉한 얼굴을 했다. 그러고는 갑자기 인색이 어두워졌다. 여자는 무섭게 얼굴을 찡그리고 그 아름다운 처녀를 바라보았다.

"아들이오?" 하고 필라는 청년이 가버리자 물었다.

"그래 아들이다" 하고 라카치라는 방으로 들어가며 무뚝뚝하게 대답했다.

아무것도 그녀의 마음을 누그러뜨릴 수는 없었다. 가슴이 행복감으로 가득 찼을 때에도 여자는 그 누구와도 사귀려 들지 않았다.

"참 잘생긴 사람이지요" 하고 로사리아는 말했다. 그리고 처녀는 그 후 며칠 동안이나 청년 생각에 빠져 있었다.

라카치라의 아들에 대한 사랑은 무시무시한 것이었다. 아들은 그녀에게 전 세계와도 같았다. 치열하고 질투에 찬 열정으로 아들을 애모(愛慕)하는 것이었다. 아무리 지극한 효성을 베풀어도 갚을 수 없는 어머니의 사랑이었다. 그녀는 아들이 자신의 전부가 되어 주기를 바랐다. 아들의 직장 때문에 모자(母子)는 같이 살 수 없었지만, 떨어져 있는 동안에도 아들이 무슨 짓을 할지도 모른다고 생각하면 어머니의 가슴은 미어졌다. 그래서 그녀는 아들이 다른 여자를 바라보기만 해도 가만둘 수 없는 심정이었다.

'아들이 어떤 처녀에게든 청혼을 할 테지' 하는 생각을 하자 가슴이 답답해져서 몸부림칠 지경이었다. 총각이 거리에서 열정을 토로하면, 처녀는 긴긴 밤 한밤중까지 창문가에 앉거나 또는 쇠울타리 너머로 또는 대문간에 서서, 주거니받거니 재미를 보는 광경은 세빌랴에서는 도처에서 목격할 수 있는 풍경이었다. 잘 생긴 젊은이란 뭇 여성의 미소를 즐기게 마련임을 잘 알고 있었기 때문에, 라카치라는 아들을 보면 노비아(애인)가 있느냐고 성화였다. 그리고 맹세코 저녁이면 일에 골몰할 뿐이라는 아들의 말을 한사코 믿지 않았다. 그러면서도 아들이 부정하는 그 말이 몹시도 기뻤던 것이다.

지금 로사리아의 유혹적인 눈초리에 미소로 답하는 아들을 보니 분통이 목구멍까지 치밀었다. 그녀는 지금까지 이웃을 모두 미워해 왔다. 행복한 그들 앞에 자기의 무서운 비밀이 탄로나면 비참한 건 자기뿐인 것 같아, 그들을 미워해 왔던 것이다. 그러나 지금 그들은 더욱더 밉살스러워 보였다. 모두들 한 패가 되어 아들을 자기에게서 빼앗아 가려 하고 있다는 생각이 들자 눈이 뒤집힐 것만 같았다. 그 다음 공휴일 오후, 라카치라는 방에서 나와 파티오를 건너 대문으로 갔다. 너무나도 뜻밖의 일이었으므로 이웃 사람들은 모두 수군수군댔다.

"저 여자가 왜 대문간에 서 있는지 아시겠어요? 그 애지중지하는 아들이 올 텐데, 아들을 우리에게 보이고 싶지 않아서 그러는 거예요" 하고 로사리아는 숨 막힐 듯이 깔깔 웃으며 말했다.

"우리가 아들을 잡아먹을 줄 아나?"

그때 큐리토가 나타났다. 어머니는 아들을 데리고 재빨리 방 안으로 들어가 버렸다.

"제 서방처럼 아들에게 질투가 많군" 하고 필라가 말했다.

로사리아는 또다시 깔깔 웃으면서 그 닫힌 문을 바라보았다. 그 빛나는 눈에는 짓궂은 기색이 괴어 있었다. 큐리토와 말 한마디라도 건네 본다면 재미있으리라는 생각이 떠올랐다. 라카치라가 노발대발할 것을 생각하고, 로사리아는 그 흰 이를 보이며 명쾌히 웃었다. 로사리아는 대문가에 가서 대기하고 있었다. 모자(母子)가 밖으로 나가려면 처녀의 앞을 지나지 않을 수 없었다. 그러나 처녀를 본 라카치라는, 아들에게 고개를 돌리도록 시켜 시선조차도 서로 교환할 수 없게 했다. 로사리아는 어깨를 으쓱 치켜 올렸다.

"날 그렇게 쉽사리 떼어 놓진 못할걸" 하는 생각이 처녀의 머릿속에 치밀었다. 공휴일 오후, 라카치라가 대문간에 자리를 잡고 있을 때 로사리아는 거리로 나가,

청년이 움직한 쪽으로 슬슬 걸어갔다. 잠시 후 큐리토 가 나타났다. 처녀는 시치미를 떼고 걸어갔다.

"올라(여보세요)!" 하고 걸음을 멈추며 청년은 말했 다.

"난 누구라구! 난 당신이 내게 말 걸기를 두려워하시 는 줄만 알았지요."

"난 아무것도 두려울 건 없어요" 하고 청년은 떳떳이 말했다.

"어머니만 빼놓고 그렇겠지요."

처녀는 그가 자기 곁에서 떠나 주기를 바라는 듯한 태도로 걸어갔다. 그러나 처녀는 그가 한사코 자기 곁 을 떠나지 않으리라는 것을 잘 알고 있었다.

"어디로 가는 길이오?" 하고 청년은 물었다.

"큐리토, 당신이 무슨 상관이에요? 엄마에게나 가보 시지, 아기님. 그러지 않다가는 두들겨맞을 테니. 당신 은 어머니하고 같이 있을 땐 무서워서 내 얼굴도 못 쳐 다보지요."

"무슨 당치도 않은 소릴."

"그럼, 하느님의 은총이 있으시옵기를! 난 볼일이 있 어서요."

적잖이 허둥지둥하며 가버리는 청년을 보고 로사리아 는 혼자서 깔깔 웃어댔다. 청년이 라카치라와 함께 밖으로 나갈 때, 로사리아가 안뜰에 있은 적이 한 번 있었다. 그런데 이때 청년은 용기를 내어 발걸음을 멈추고 '굿나이트' 하는 것이었다. 라카치라의 얼굴을 시뻘겋게 붉히며 화를 냈다.

"이리 와라, 큐리토. 넌 뭘 기다리고 있는 거냐?" 하고 거친 목소리로 말했다.

아들이 가버리자 여자는 로사리아 앞으로 돌아와 잠시 걸음을 멈추고 무슨 말이 나올 듯하더니 억지로 참고 그냥 그 컴컴하고 고요한 자기 방 속으로 들어가 버렸다.

2, 3일 후가 바로 세빌랴의 수호신인 '성 이시드로' 제삿날이었다. 그래서 이 유명한 날을 경축하기 위하여 석공과 그밖의 몇몇 사람들이 파티오에 일련의 등을 죽 달아 놓았다. 등불은 맑은 여름밤 속에 따스히 빛을 던져 주고 있었다. 하늘도, 번쩍이는 별들을 부드럽게 맞아 주는 듯했다. 아파트에 살고 있는 사람들은 모두들 의자를 내다 놓고 파티오 한복판에 앉아 있었다. 부인들 중에는 갓난애를 안고 있는 사람도 있었고 그렇지 않은 사람도 있었는데, 부채질을 하면서 그 그칠 줄 모르는 수다를 쏟아놓고 있었다. 그리고 젖먹이보다 좀 큰놈들이 보채면 욕설을 퍼붓곤 했다. 대낮의 숨막힐 듯한 더위에 비하면 이 저녁의 시원한 공기란 참으로

상쾌한 것이었다.

투우 구경을 갔다 온 패들은 너무 끔찍하더라고 말하면서도, 유명한 벨몬테의 공적에 대한 정확하고도 상세한 논평을 하고 있었다. 투우의 장면은 시시각각으로 다채롭게 변화했으며 일찍이 세빌랴 역사상 보지 못했던 명연기를 했다고, 그들의 뚜렷한 기억을 더듬으면서 말하기도 했다. 모든 사람들이 다 나와 있어도, 라카치라만은 없었다. 그녀의 방 안에는 외로운 촛불만이 켜 있었다.

"그런데 아들이 와 있나?"

"방 안에 있어요. 한 시간 전에 들어가는 걸 본걸요" 하고 필라가 말했다.

"혼자 재미를 보고 있을 거예요" 하고 로사리아는 웃으며 말했다.

"오오, 라카치라 걱정은 그만 하고 춤이나 한 번 춰 보지, 로사리아."

"옳소, 옳소. 자, 어서 한번 추지, 아가씨" 하고 모두들 외쳤다. 스페인 사람들은 춤을 즐기며 춤 구경하기를 좋아한다. 옛말에도 춤추지 않기 위하여 태어난 스페인 여자는 한 명도 없다고 전해지고 있다. 모두들 재빨리 둥그렇게 둘러쌌다. 석공과 전차 차장은 기타를 들고 나왔다. 로사리아는 캐스터네츠를 쥐고 상대역의 처녀와 함께 앞으로 나와 춤추기 시작했다. 음악 소리가 들리자 큐리토는 비좁은 방 안에서 두 귀를 바짝 세웠다.

"춤을 추고 있군" 하고 청년은 말했다. 금세 사지가 근질근질해졌다.

청년은 커튼 틈으로 무르녹은 등불 속에 비치는 광경을 내다보았다. 두 처녀가 춤추고 있는 것이 보였다. 로사리아는 선데이 클로즈를 입고 예에 따라, 짙은 화장을 하고 있었다. 머리에 꽂힌 멋진 카네이션이 사람의 시선을 끌었다. 큐리토의 심장은 급격히 뛰놀았다. 스페인에서는 사랑이 급속도로 맺어지는지라, 처녀에게 처음 말을 걸던 그날부터 그는 아리따운 아가씨 생각을 해왔던 것이다. 이윽고 그는 문 쪽으로 몸을 옮겼다.

"뭘 하고 있니?" 하고 라카치라는 물었다.

"난 춤추는 것을 보겠어요. 어머닌 내가 즐기는 걸 좋아하지 않으시는군요."

"네가 보려는 건 로사리아지?"

어머니가 막으려 하자 아들은 어머니를 떠다밀고 나가, 춤 구경을 하고 있는 패들과 합류했다. 라카치라는 한두 발짝 따라가다가 그만두고, 분노에 가슴 졸이며 어두운 곳에 숨어서 바라보고 있었다. 청년의 모습이 로사리아 눈에 띄었다.

"날 보고 놀라셨지요?" 하고 청년의 앞을 지날 때 처녀가 속삭였다. 춤은 처녀의 마음을 미치게 했다. 처녀는 라카치라에 대한 무서운 생각이 전혀 없었다. 한바탕의 춤이 끝나고 상대역이 의자에 덜컥 주저앉자 로사리아는 서슴지 않고 큐리토에게로 걸어와 머리를 뒤로 떨어뜨리고 재빨리 젖가슴을 내밀며, 청년 앞에 꼿꼿이 섰다.

"당신이야 물론 춤은 못 추겠지요" 하고 처녀는 말했다.

"아니, 난 출 줄 알아요."

"그럼 자아 한 번."

처녀가 유혹적인 미소를 던졌다. 청년을 주저하였다. 그는 어머니 쪽을 돌아다보았다. 돌아다봤다기보다는 어둠 속의 어머니 마음을 짐작해 봤다. 로사리아는 그의 시선 속에 비겁한 기색이 있음을 눈치챘다.

"무서우신 모양이시지?"

"무서울 게 뭐 있겠소?" 하고 청년은 어깨를 으쓱 치켜 올리며 말했다.

청년은 마당 한가운데로 걸어나왔다. 기타수들의 솜씨가 서툴렀으므로 구경꾼들이 가끔 '헤잇 헤잇' 하고 소리를 질러 가며 장단을 맞춰 손뼉을 쳤다. 처녀는 큐리토에게 캐스터네츠를 주고 둘은 어울려 춤추기 시작

했다. 둘은 어둠 속에서 독사같이 노기에 찬 신음 소리
가 나는 것을 들었다. 그러나 이제 완전히 미쳐 버린
로사리아는 깔깔 웃어대며 그늘 속에 흐릿하게 보이는
무섭게 창백한 얼굴을 겨눠보았다. 라카치라는 얼어붙
은 양, 꿈쩍도 안 했다. 그리고는 춤추는 동작을, 파동
하는 두 몸뚱아리를, 뒤섞인 네 다리를 가만히 살펴보
고 있었다. 아들이 캐스터네츠를 치며 로사리아의 몸을
껴안았을 때, 처녀가 아름다운 제스처로 몸을 뒤로 기
대고 큐리토의 얼굴을 들여다보며 미소를 짓는 것이 보
였다. 불 속에 든 석탄처럼 어머니의 눈에서는 불이 났
다. 눈알이 타는 것 같았다. 그러나 그녀의 기색에 관심
을 갖는 사람은 아무도 없었다. 라카치라는 격분한 나
머지 신음 소리를 냈다. 춤이 끝나자 로사리아는 박수
갈채에 답하며 즐거운 듯이 미소를 띠고는,

"당신이 그렇게 춤을 잘 추시는 줄은 몰랐어요." 하고
큐리토에게 말했다.

라카치라는 방 속으로 뛰어들어가 문을 잠가 버렸다.
큐리토가 와서 문을 열어 달라고 애걸했건만 대답이 없
었다.

"그럼 가겠어요" 하고 청년은 말했다.

어미의 괴로운 가슴은 피를 토할 지경이었으나 대꾸
하고 싶지 않았다. 아들은 그녀의 전 재산이요 전 사랑

이었다. 그렇기 때문에 아들이 미웠다. 라카치라는 그 날 밤잠을 이룰 수 없었다. 잠자리에 들어 그년이 아들을 빼앗아 가려 하고 있다는 생각을 하니 미칠 것 같았다.

이튿날 아침, 라카치라는 일하러 가지도 않고 누워서 로사리아를 기다리고 있었다. 이윽고 어젯밤의 그 현란한 꿈속에서 아직 깨어나지 않은 처녀가 밖에 나타났다. 라카치라가 갑자기 처녀를 가로막자 처녀는 질겁을 했다.

"내 아들을 어떡할 테냐?"

"무슨 말씀이지요?" 하고 놀란 표정을 하며 로사리아가 대답했다. 라카치라는 격분에 못 이겨 몸을 부들부들 떨었다. 그리고 자기 손을 깨물어 마음을 진정시켰다.

"아, 넌 내 말을 잘 알면서. 넌 내 아들을 훔쳐 가려는 거지?"

"내가 당신 아들을 바라는 줄 알아요? 제발 내게 가까이 오지 않게 해줘요. 하지만 내가 가는 곳마다 쫓아다니는 걸 어떡하지요?"

"거짓말 마."

"물어 봐요! 거리에서 한 시간씩이나 날 기다리고 있어요. 왜 아들을 잡아 두지 못하나요?" 하고 말하는 로사리아의 음성은 너무나도 경멸적이어서 라카치라는 거의 참을 수 없을 지경이었다.

"거짓말이야, 거짓말! 네가 그애를 따라 다녔지?"

"애인쯤은 문제 없이 구할 수 있는 내가 왜 하필 살인범의 아들을 원하겠어요?"

이때 라카치라는 눈앞이 캄캄해졌다. 피가 머리끝으로 끓어오르고 무엇이 무엇인지 분간되지 않았다. 로사리아에게로 덤벼들어 가랑머리를 찢었다. 처녀는 죽는 소리를 지르며 몸을 피하려 했다. 그 순간 지나가던 사람이 덤벼들어 그들을 잡아 떼어 놓았다.

"큐리토를 내버려 두지 않으면 널 죽여 버릴 테다"하고 라카치라는 외쳤다.

"그럼 누가 겁낼 줄 알아. 떼 놓을 수 있으면 내게서 떼어 봐보지. 그이가 자기 눈보다도 날 더 사랑하고 있다는 것을 모르다니 딱한 노릇이야."

"자아, 그만 저리 가지, 로사리아. 대꾸는 그만 하구"하고 행인은 말했다. 라카치라는 격분에 못 이겨, 마치 먹이를 빼앗긴 맹수처럼 으르렁하는 소리를 지르며 거리로 뛰어갔다.

그러나 춤은 큐리토를 미치도록 로사리아에 대한 사랑으로 이끌었다. 그 이튿날 온종일 그는 그 처녀의 입술 생각만 했다. 자기 가슴속에 파묻혀 있던 그 빛나는 눈동자, 자기를 황홀하게 해주던 그 눈동자. 그는 열정적으로 그 처녀를 원했다. 황혼이 짙어지면 그는 마카레나 방향으로 어슬렁어슬렁 걸어가다가 자기도 모르는 사이에 어느덧 처녀의 집 앞에 와 있곤 했다. 그리고 처녀가 파티오에 나올 때까지 그는 어두운 현관 앞에서 기다리고 있었다. 한편 불빛도 어두운 어머니 방이 저쪽 구석에 보였다.

"로사리아!" 하고 그는 낮은 목소리로 불렀다.

처녀는 숨막힐 듯한 깜짝 놀란 목소리를 내며 돌아다봤다.

"오늘 웬일이세요?" 하고 처녀는 그에게로 다가오며 속삭였다.

"난 당신과 떨어져 있을 수가 없어."

"왜요?" 하고 처녀는 미소를 지었다.

"당신을 사랑하니까."

"오늘 아침 당신 어머니가 죽일 듯이 내게 덤빈 걸 아세요?"

처녀는 안달루시안의 기질에 꼭 알맞은 그 과장의 솜씨를 발휘하며 사건의 전말을 이야기했다. 그러나 라카치라를 참을 수 없을 만큼 격분시킨 자기가 한 그 마지막 모욕의 한마디만은 언급하지 않았다.

"어머닌 성미가 괴팍해서" 하고 큐리토는 말했다. 그

리고 허세를 피우며, "당신이 내 애인이란 것을 어머니
에게 말해야지" 하고 말했다.

"퍽도 기뻐하시겠군요" 하고 로사리아가 비꼬는 투로
말했다.

"내일 레자(대문)로 와주겠소?"

"글쎄요" 하고 처녀는 대답했다.

청년은 낄낄 웃었다. 처녀의 말투로 미루어 보아 올
것이 틀림없었기 때문이다. 돌아가는 도중, 시엘페스
산길을 걸어갈 때 그의 발걸음은 전에 없이 가벼웠다.

이튿날, 그가 와보니 벌써 처녀는 와 있었다. 그리고
세빌랴의 전통적 연애 방식에 따라, 그들은 철봉을 친
대문 안팎에 서서 이마를 맞대고 몇 시간씩 속삭거렸
다. 그러나 큐리토는 조금도 귀찮은 생각이 들지 않았
다. 로사리아에게 "날 사랑해 주겠소?" 하고 물으면, 처
녀는 대답 대신 사랑에 지친 한숨을 살며시 내쉬는 것
이었다. 그들은 서로의 눈 속에 뜨겁게 타오르는 정열
의 불꽃을 보러 밤마다 만났다.

그러나 어머니가 이 밀회를 알까 봐 겁이 난 큐리토
는, 다음 휴일에는 어머니를 방문하지 않았다. 불쌍한
라카치라는 아픈 가슴을 안고 아들이 오기만을 기다리
고 있었다. 그 여인은 무릎을 꿇다시피 하여 아들의 용
서를 애걸했다. 그래도 아들은 돌아오지 않았다. 그녀

는 아들이 미웠다. 차라리 발로 밟아 죽이고 싶은 심정
이었다. 아들을 만나 볼 희망조차 없이 또 한 주일이
지나가는구나 생각하니, 어미의 가슴은 우울했다.

또 한 주일이 지나도 아들은 여전히 오지 않았다. 어
머니는 도저히 참을 수 없었다. 괴롭고도 괴로웠다. 어
떠한 애인도 못 당할 만큼 어머니는 아들을 사랑했다.

'이것은 분명히 로사리아 그년의 탓일 거야' 하고 라
카치라는 혼자 중얼거렸다. 그년 생각을 하니 화가 치
밀었다. 결국 큐리토는 용기를 내어 어머니를 보러 왔
다. 그러나 어머니는 기다리다가 지쳐 버렸다. 마치 사
랑이 식어 버린 것처럼 보였다. 아들이 키스를 청하자
그만 떠다밀어 버리는 것이었다.

"왜 여태 오지 않았니!"

"어머니가 문을 잠그시지 않았어요. 내가 싫으신 줄
알았어요."

"이윤 그뿐이냐! 딴 이유가 없단 말이냐!"

"바빴어요" 하고 말하며 그는 어깨를 으쓱 치켜 올렸
다.

"바빴다고, 너 같은 게으른 놈이? 뭘 하구 있었니?
로사리아 만나러 다니는 데는 바쁘지 않았겠구나."

"어머닌 왜 그녀를 때렸어요?"

"어떻게 아니? 그년을 만났었구나?" 하고 라카치라는

아들에게로 덤벼들 듯이 보였다. 그 두 눈에는 불꽃이 타올랐다. "그년이 나보고 살인범이랬어."

"거 무슨 말씀을?"

"무슨 말씀이냐고?" 하고 라카치라가 소리를 지르는 것이 파티오까지 들렸다.

"내가 살인자라면, 너 때문에 저지른 살인이 아니냐. 암, 내가 페피 산티를 죽인 건 사실이지만 그자가 널 때렸기 때문이 아니었더냐. 7년 동안이나 내가 감옥살이를 한 것도 너를 위해서였어. 7년이란 세월을. 아아, 어리석은 자식. 넌 그년이 널 사랑하고 있다고 생각하는구나. 그리고 밤마다 그년과 같이 대문에서 시간을 보냈구나."

"전 다 알고 있어요" 하고 큐리토는 대답하며 싱긋 웃었다.

라카치라는 분통이 치밀었다. 수수께끼라도 풀어 보겠다는 듯한 복잡한 시선으로, 그를 쏘아보고 만사를 다 해득하였다. 마음의 고통과 분노 때문에 숨이 막힐 지경이었다. 너무도 격심한 이 고뇌를 못 참겠다는 듯이 가슴을 쥐어뜯었다.

"매일 밤 레자에게는 오면서 내게는 안 들르다니? 오 오, 너 미쳤구나! 난 여태껏 널 위해선 무슨 짓이고 다 해왔다. 내가 페피 산티를 사랑해서 같이 산 줄 아니?

난 네게 빵을 얻어먹이려고 그자의 주먹을 얻어맞아 가며 산 거야. 그래서 그자가 널 때리는 걸 보고 난 그놈을 죽여 버렸던 거야. 오오, 하느님. 난 널 위해서 살았을 뿐이다. 네 생각을 하지 않았던들 내 어찌 그같이 기나긴 감옥살이를 했겠니? 벌써 죽어 버렸을 것이지."

"보세요, 어머니. 난 스무 살이에요. 어떻게 해달라는 거예요? 로사리아가 없으면 다른 여잘 사랑할 겁니다."

"에잇, 개 같은 놈! 네가 지긋지긋하다! 썩 나가라!"

어머니는 아들을 문 쪽으로 떠다밀었다. 큐리토는 어깨를 으쓱 치켜 올렸다.

"내가 여기 있고 싶은 줄 알아요?"

그는 발걸음도 가볍게 파티오를 지나 철봉 창살 대문을 탕 하고 닫고는 밖으로 나가 버렸다. 라카치라는 좁은 방 안을 큰 걸음으로 왔다갔다했다. 시간이 지루했다. 한참 동안 창문가에 서서, 금세 덤벼들 듯한 맹수와도 같이, 무시무시하고도 확고부동한 태세를 갖추고 바깥을 내다보고 있었다. 간장을 갈가리 찢어 버릴 듯한 그 격렬한 안타까움을 억누르며 화석처럼 서 있었다. 레자에서 손뼉을 탁 하고 치는 소리가 났다. 분명 누가 바깥에 와서 신호를 하는 것이다. 벌렁거리는 숨을 죽이고 불덩이같이 타오르는 눈으로 밖을 살펴보았으나 석공이 눈에 띨 뿐이었다. 그 라카치라는 좀더 기다려

보았다. 이번엔 로사리아의 어머니인 필라가 들어와, 자기 방으로 천천히 걸어올라갔다. 라카치라는 목구멍을 쥐어뜯었다. 숨이 막힐 듯했다. 그러나 여전히 기다렸다. 이따금씩 사지가 무섭게 떨렸다.

이윽고 대문에서 한 번 가볍게 손뼉을 치는 소리가 났다. 그러자 "누구예요?" 하는 목소리가 들렸다.

"쉿!"

라카치라는 로사리아의 목소리라는 것을 알자 승리감에 허덕였다. 문이 열리고 로사리아가 들어왔다. 안뜰을 지나가는 처녀의 발걸음은 춤추는 듯 가뿐하였다. 인생의 환희가 처녀 하나하나의 동작 속에 올올이 엮여 있었다. 막 층계를 올라가려 할 때 라카치라는 튀어나가 처녀를 가로막고 팔을 꽉 잡았다. 처녀는 뿌리쳐 버리려 했으나 꼼짝도 안 했다.

"어떡할 셈이에요? 놔요" 하고 로사리아는 말했다.

"내 아들과 뭘 하고 있었니?"

"놔요. 소리 지를 거예요."

"레자에서 매일 밤 만났다는 게 정말이냐?"

"어머니! 사람 살려! 안토니오!" 하고 로사리아는 날카로운 목소리로 비명을 질렀다.

"대답해!"

"사실이 알고 싶으면 알려 주리다. 아드님은 나와 결

혼해요. 날 사랑하고 있어요. 나, 나도 진정으로 그를
사랑해요."

처녀는 그 악독한 손아귀 속에서 벗어나려 무진 애를
쓰며, 라카치라에게 반항했다.

"우리 사이를 막을 수 있다고 생각해요? 당신을 미워
한다고 나보고 그랬어요. 그이는 당신이 감옥에서 나오
지 않았으면 좋았을 걸 하고 생각해요."

"그놈이 네게 그렇게 말하던?"

라카치라는 뒷걸음질을 쳤다. 로사리아는 우위(優位)
를 지속했다.

"암, 그이가 내게 말했지요. 그리고 또 더 많은 이야
기도 했어요. 당신이 페피 산티를 죽인 이야기도, 7년
간 철창생활을 했다는 이야기도, 그리고 당신이 죽었으
면 좋겠다고도."

로사리아는 이 비참한 여자가, 주먹다짐을 받은 것처
럼 기운을 잃고 있는 것을 보자, 날카로운 목소리로 깔
깔 웃어대며 독사 같은 말을 내뱉었다.

"그럼 넌 살인범의 자식과 결혼하는 것을 마땅히 자
랑으로 여기느냐?"

이때 처녀는 라카치라를 떠다밀고 층계를 뛰어올라갔
다. 이 동작을 본 라카치라는 다시 정신이 나며 지독한
모욕감에 눈이 뒤집혔다. 격분에 떠는 여우 같은 소리

를 지르며 로사리아에게로 달려들어 어깨를 잡고 끌어
내렸다. 로사리아는 돌아서며 라카치라의 얼굴을 후려
때렸다. 라카치라는 가슴에 품고 있던 칼을 꺼내, 저주
에 찬 한마디를 던지며 처녀의 목덜미에 꽂았다. 로사
리아는 비명을 울렸다.

"어머니, 사람 살려!"

처녀는 층계 바닥으로 떨어져 돌 위에 널브러졌다.
피가 땅 위에 흥건했다. 처녀의 절망적인 비명—방문이
대여섯 화다닥 열렸다. 사람들이 뛰어나와 라카치라를
잡으려 했다. 그러나 라카치라는 벽으로 뒷걸음질을 치
며, 감히 아무도 접근할 수 없는 무서운 표정으로 그들
을 바라보았다. 사람들은 잠시 주저주저했다. 이때 발코
니에서 비명을 울리며 필라가 뛰어나왔다. 순간 모두의
관심이 그리로 쏠린 틈을 타서, 라카치라는 방 안으로
달아나 문을 잠가 버렸다. 갑자기 마당은 인산인해를 이
루었다. 필라는 목놓아 울며 딸을 부둥켜안고 놓지 않았
다. 의사를 부르러 가는 자, 순경을 데리러 가는 자, 법
석이었다. 구경꾼들이 거리로부터 밀려와 라카치라의
방을 에워쌌다. 검은 가방을 든 의사가 허둥지둥 나타났
다. 경관이 달려오자마자 10여 명의 사람들이 흥분된
어조로 사건의 전말을 설명해 주고 라카치라의 방을 가
리켰다. 경관들은 라카치라를 둘러싸고 있는 군중들을

칼집으로 쳐서 흩어 놓았다. 그러나 군중들은 주먹을 뒤
흔들고 욕설을 퍼부으며 라카리차에게로 덤벼드는 것이
었다. 그녀는 멸시하는 듯이 주위를 바라볼 뿐 아무런
대꾸도 하지 않았다. 그러나 두 눈에는 승리의 빛이 번
쩍였다. 경관이 그녀를 끌고 파티오를 가로질렀다.

로사리아의 시체 곁을 지나갈 때,

"죽었소?" 하고 라카치라는 물었다.

"죽었소이다" 하고 의사가 무거운 대답을 했다.

"하느님 고맙습니다!" 하고 라카치라는 중얼거렸다.

숙녀의 비밀

바깥 부두를 태양이 맹렬히 내리쬔다. 트럭과 버스, 자가용과 영업차, 물결처럼 흘러가는 각종 차량들이 복잡한 거리를 재빨리 오르내리고 있다. 운전수마다 클랙슨을 울린다. 인력거꾼들이 요리조리 사람들 틈을 뚫고 바쁜 길을 달음질쳐 간다. 쿨리들이 가쁜 숨을 내쉬며, 짬짬이 서로 소리를 질러 주고받곤 한다. 무거운 짐을 짊어진 쿨리들이 그들 특유의 걸음으로, 어기적 어기적 달아난다. 행상들이 물건값을 외치고 있다. 싱가포르는 수백 인종들의 전시장이다. 가지각색의 유색인종, 흑색 타밀인, 황색 되놈, 고동색의 말레이시아인, 아미니아인, 유태인 및 벵갈인. 이 모든 족속들이 거친 목청으로 서로서로 아우성을 지르고 있는 것이다.

그러나 리프레이 조이스 앤드 네이러의 사무실 안은 기분이 상쾌할 만큼 고요하다. 먼지투성이인 햇빛이 쨍쨍한 거리에 비하면 어두울지 모르지만 그칠 줄 모르는 바깥 아우성에 비하면, 한없이 조용한 방 안이다. 조이스 씨는 자기 방 속의 식탁 앞에 앉아서 선풍기 바람을 마음껏 쐬고 있다. 그는 의자 뒤에 기대어 앉아 두 팔꿈치를 올려놓고 두 손의 손가락을 똑바로 뻗쳐, 손끝을 아주 단정하게 서로 맞모아 놓고 있다.

그리고 앞에 있는 긴 책꽂이에 끼어 있는, 뒤죽박죽이 된 법률 기록부를 바라보고 있다. 차 그릇을 넣어

두는 찬장 위에는 여러 변호 의뢰인들의 이름이 적혀 있는, 옻칠을 한 네모난 주석 상자들이 놓여 있다.

문을 노크하는 소리가 난다.

"들어오게."

흰 오리처럼 말쑥한 중국인 서기가 나타났다.

"크로스비 선생이 오셨습니다."

서기는 한마디 한마디에 정확한 악센트를 붙여 아름 다운 영어를 말한다. 조이스 씨가 가끔 그자의 어휘의 정도를 짐작지 못하는 것도 그 때문이었다. 옹치셍은 광동(廣東) 출신이며 그리스 인(런던의 4개 법학원 중 의 하나)에서 법률 공부를 한 사람이다. 개업에 대한 견습을 하기 위하여 1,2년 리프레이 조이스 앤드 네이 러 법률 사무실에서 일을 하고 있는 중이었다. 부지런 하고 친절하며 모범적인 성품의 소지자이다.

"안내하게" 하고 조이스 씨는 말했다.

옹치셍은 일어서서 손님과 악수를 하고 그에게 앉기 를 권한다. 권하는 대로 자리에 앉자, 앉은 손님의 얼굴 에 볕이 들었다. 조이스 씨의 얼굴은 여전히 그늘 속에 파묻혀 있었다. 본시 말이 뜬 사람인지라 지금도 말 한 마디 건네지 않고 한 1분 동안이나 라버트 크로스비의 얼굴만 바라보고 있다. 크로스비는 키가 무척 큰 대장 부이며, 어깨가 넓고 근육이 울퉁불퉁한 사람이다. 고무 농장을 경영하고 있는데 그 농장 안을 쉴새없이 걸어 돌아다니고 또 하루의 일이 끝나면, 좋아하는 테니스를 하면서 조금도 몸을 놀리지 않는 기질이었다. 몸이 온통 햇빛에 그을려 시커멓다. 머리털 같은 털이 난 손이며, 맵시 없는 장화 속에 들어 있는 발이며, 다 같이 무지하게 커서, 조이스 씨는 자신도 모르는 사이에 이런 생각을 했다. 저 주먹으로 한 대 후려갈기면 약한 타밀인 같으면 단숨에 죽어 넘어질 것이라고…… 그러나 그의 푸른 두 눈에는 조금도 사나운 기색이 없었다. 믿음직하고 부드러운 눈이었다. 크고 별로 특징도 없는 얼굴이었으나 훤하고 솔직담백해 보이는 인상이었다. 그러나 지금 이 순간에 한하여 심각한 고민의 기색이 감돌고 있었다. 수척하고 헬쑥해진 얼굴이었다.

"어젯밤에, 아니 한 이틀 잠을 잘 못 주무신 것 같군요" 하고 조이스 씨가 말했다.

"못 잤어요."

크로스비가 식탁 위에 놓은, 넓은 더블 테두리가 달린 낡은 필트 모자가 지금 조이스 씨의 눈에 띄었다. 그리고 그 다음엔 그의 시뻘겋고 털이 많은 넓적다리가 내다보이는 카키색 짧은 반바지, 노타이 테니스셔츠, 양 소매를 둘둘 말아 올린 구지레한 카키색 재킷 순으로, 그의 눈이 옮겨 갔다. 고무나무 밭을 한참 돌아다니다가 방금 들어온 것 같은 얼굴이었다. 조이스 씨는 약간 얼굴을 찌푸렸다.

"여보십쇼, 정신을 진정시키셔야 합니다. 냉정해지셔야 한단 말이에요."

"아, 염려 없습니다."

"오늘 부인과 면회하셨나요?"

"아뇨, 오후에나 가볼 작정입니다. 마누라가 체포되다니 원 창피해서."

"부득이한 사정이었다고 생각합니다" 하고 조이스 씨는 그 독특한 온화하고 부드러운 음성으로 대답했다.

"보석(保釋)쯤으로 해줘도 괜찮다고 생각해요."

"사건이 사건이니만큼."

"에이 빌어먹을. 우리 집사람 같은 처지에 놓이면 제 아무리 얌전한 여자라도 별도리 없었을 겁니다. 단지 그 같은 담력을 가진 여자는 열 명 중 한 명도 없을 것이라는 것뿐이죠. 레스리는 세상에서 제일가는 여성입니다. 파리 하나 못 죽이는 위인이에요. 원 참 기가 막혀서. 결혼 생활 12년입니다, 아시겠지요. 내가 마누랄 모를 줄 아시오? 경을 칠, 내가 놈을 잡았더라면 모가지 비틀어 죽였을걸. 나 같으면 당장에 놈을 없애 버렸을 거란 말입니다. 선생인들 마찬가질 겁니다."

"여보세요, 만인이 다 선생 편입니다. 하몬드 편을 들어 말하는 사람은 단 한 사람도 없습니다. 우리는 부인을 석방시키게 될 겁니다. 배석판사나 다 같이, 미리부터 무죄 답신의 결심을 하지 않고서 법정에 들어가는 사람은 없을 것이라고 생각됩니다."

"참 만사가 다 어처구니없다니까" 하며 크로스비는 격렬한 어조로 말을 계속했다. "우선 첫째로 마누랄 체포하다니 안 될 말이지. 그리고 기진맥진해 있는 불쌍한 그 사람에게 재판이라는 무서운 시련을 덮어씌우다니 안 될 말이야. 내가 싱가포르에 나온 이래, 우리 마누라가 옳다고 말하지 않는 사람은, 남녀를 막론하고 한 사람도 만나 본 일이 없으니까. 마누랄 이렇게 몇 주일씩 감옥에 가두어 두다니 생각만 해도 몸서리칠 일이 아닙니까."

"법은 법이니까요. 결국 부인께서 그를 죽였다고 고백한 것이니까요. 살인이란 무서운 일입니다. 그러기 때문에 난 선생과 부인 두 분께 다 같이 무척 안됐다고 생각하고 있는 것입니다."

"난 아무래도 상관없어요" 하고 크로스비가 말을 막았다.

"그러나 살인자가 처벌을 받는다는 것은 엄연한 사실이며 문명 사회에서는 재판을 면할 순 없는 법입니다."

"유해한 기생충을 근멸(根滅)하는 것이 살인입니까?

마누라는 미친 개를 쏘아 죽인 거나 마찬가지입니다."

조이스 씨는 다시 한 번 의자 뒤로 몸을 기대며 또 다시 열 손가락 끝을 한데 모았다. 그 손가락 모양은 마치 자그마한 건축의 지붕 뼈대와도 같아 보였다. 그는 잠시 말없이 있었다.

"선생의 법률고문으로서 내 의무를 소홀히 하고 있는 것이 될 것입니다" 하고 그는 마침내 한결같은 목소리로 말했다. 그리고 그의 독특한 시원해 보이는 고동색 눈으로 자기의 변호 의뢰인을 바라보았다. "내게 걱정이 되는 점이 단 하나 있다는 것을 내가 말씀 안 드렸다면 말입니다. 부인께서 한 방만 쏘았다면 만사는 매우 순조롭게 처리될 것입니다만 불행하게도 여섯 방이나 쐈거든요."

"제 처의 변명은 지극히 간단합니다. 그런 경우라면 누구나 다 그렇게 했으리라는 것이에요."

"그렇죠" 하고 조이스 씨는 말했다. "물론 그 변명은 아주 지당한 것이라고 생각합니다. 그것은 사실이니까요. 언제나 제삼자의 입장에서 생각하는 것이 좋습니다. 재가 재판관이라면 그것이 내 심문의 초점이 될 것이라는 것은 부정할 수 없는 일입니다."

"이보세요, 선생, 그건 정말 어리석은 말씀입니다."

조이스 씨는 날카로운 눈초리로 라버트 크로스비를

흘끗 보았다. 한 올의 미소의 기운이 그의 맵시 있는 입술 위에 흘렀다. 크로스비는 사람은 좋았지만 지적인 사람은 못 되었다.

"아마 대단할 건 없을 겁니다" 하고 변호사는 대답했다. "그저 한마디 해둘 만한 점이 있다고 생각했을 뿐입니다. 이젠 오래 기다리실 필요도 없습니다. 사건의 완전 해결을 보게 되면 부인을 모시고 여행이라도 하셔서 만사를 잊으시기를 권하는 바입니다. 결단코 무죄석방이 될 것은 확실합니다만 그런 종류의 재판이란 마음의 피로를 느끼게 되는 일이니까 두분 다 휴식이 필요할 겁니다."

비로소 크로스비는 미소를 띠었다. 이때 이상하게도 그의 미소는 그의 얼굴을 딴판으로 만들어 버렸다. 보는 사람으로 하여금 그의 무뚝뚝한 표정을 잊고 착한 마음씨만을 보게 하는 얼굴로 변했다.

"레스리 이상으로 제가 쉬어야 한다고 생각합니다. 제 처는 놀랄 만큼 참고 견뎌 왔으니까요. 맹세코 용감한 여편네입니다, 아시다시피."

"네, 부인의 자제력에는 저도 대단히 감동했습니다" 하고 변호사는 말했다. "부인께 그런 결단력이 있을 수 있으리라고는 생각도 못 했습니다."

그녀가 구속된 이후, 그는 변호인으로서의 직책상 꽤

여러 차례 그녀와 면담하였다. 일들은 최대한 그녀에게
유리하게 전개되어 왔지만, 아직도 그녀가 감옥에서 살
인수로서 판결을 기다리고 있다는 것은 사실이며, 그로
말미암아 신경이 날카로워졌고 그럼으로써 몸마저 수척
해졌다고 해도 놀라울 것은 없었다. 그녀는 조용히, 자
기의 시련을 견뎌 내려는 듯이 보였다. 독서도 많이 했
으며 가능한 한 운동도 했다. 그리고 당국의 호의로, 그
기나긴 여가를 이용하여 심심풀이 겸, 베개 레이스 바
느질도 했다. 조이스 씨가 그녀를 만나 보았을 때는 시
원하고 간소한 신식의 프록으로 산뜻하게 몸차림을 하
고 있었다.

머리도 단정히 빗고 손톱에는 매니큐어까지 바르고
있었다. 매사에 담담한 태도를 지속했다. 적잖이 불편
한 지금의 자기 신세 타령을, 농담조로 할 수 있을 만
큼 마음의 여유도 있었다. 이 비극적 사건을 이야기하
는 태도에는 태연한 무엇이 있었다. 조이스 씨의 생각
으로는 워낙 좋은 가정에서 자라난 여자니까, 이같이
엄청나게 심각한 환경 속에서는 자그마한 웃음도 찾아
낼 줄 모르는 위인일 것이라고 짐작했다. 그녀가 유머
의 센스를 가지고 있으리라고는 생각한 적이 없었기 때
문에 그는 깜짝 놀랐던 것이다.

조이스 씨는 상당히 오랜 세월을 두고, 그녀와 사귀

어 왔다.

그녀가 싱가포르에 나오는 때면 대개 그의 집에 와서, 그의 처와 그 자신과 함께 저녁 식사를 했다. 그리고 한두 번, 해변가에 있는 방갈로에서 그들 내외와 함께 주말을 즐긴 때도 있었다. 그의 처가 그녀의 농원에서 두 주일 간을 지낸 적도 있었고 조프레이 하몬드란 남자도 네댓 번 만난 일이 있었다. 이 두 쌍의 내외는 절친한 동지는 못 될망정 우정 관계를 계속해 오는 사이였다. 이 대이변이 일어나자마자 라버트 크로스비가 싱가포르로 달려와, 조이스 씨에게 불행한 아내의 구원을 위하여 직접 사건의 담당을 간청한 것도 이런 이유에서였던 것이다.

그 여자는, 조이스 씨를 맨 처음 만났을 때 자초지종 이야기를 한 것과 한 자 한 구의 변동도 없이 그 후에도 그 이야기를 되풀이하곤 했다. 그때는 그 비극적 사건이 일어난 두어 시간 후밖에는 안 되었건만 지금이나 그때나 다름없이, 냉정한 태도로 말했던 것이다. 한결같이 차근차근한 목소리로 시종일관 사건을 진술했다. 그리고 단지 한 번 당황한 기색을 보인 것이라곤 그 사건 진술 중 두 볼에 약간 홍조가 떠오른 것뿐이었다. 다른 사람이면 모르되, 부인이 그런 일을 저지를 것으로는 보이지 않았다. 서른의 고비를 살짝 넘은 연약한 체구에, 키는 크지도 작지도 않고 미인이라기보다는 고상한 기품의 여인네였다. 원래 손목과 발목이 퍽 가는 여자인데다 몸이 너무 말라서, 두 손의 뼈까지도 흰 피부 속으로 들여다보이는 듯했다. 크고 시퍼렇게 정맥이 보이는 핏기 하나 없는 얼굴에는 누르스름한 기가 떠돌고 입술도 창백했으며 눈의 색깔을 분별할 수 없을 지경이었다. 탐스럽고 보드라운 갈색 머리는 어렴풋이 자연적인 웨이브가 되어 있었다. 약간 손질을 한다면 퍽 아름다울, 그런 종류의 머리였으나 적어도 크로스비 부인이 그 따위 기교를 부리리라고는 아무도 생각할 수 없는 일이었다.

그녀는 정숙하고 명랑하며 겸손한 성격의 소유자였다. 몸가짐도 매력적이었다. 만약 그녀가 뭇사람의 인기를 차지하지 않았다면 그것은 틀림없이 그녀의 수줍은 성격 탓이라고 할 수 있겠다. 그녀가 대단한 인기를 끌지 못했다는 것은 충분히 이해할 수 있는 일이었다. 농장 경영자의 생활이란 적적하고, 그러므로 부인은 자기 집 안에서 조용히 안면 있는 사람들 사이에서만 매력 있는 존재로서 살아왔기 때문이었던 것이다. 조이스 부인이 두 주일 간 그녀의 집에 머무른 끝에 남편에게 말한 바에 의하면, 레스리는 정말로 사귈 만한 부인이라는 것이었다. 조이스 부인 말마따나 그녀에게는 사람들이 생각하는 그 이상의 깊이가 있었다. 그녀와 사귀어 본 사람은, 그녀가 얼마나 많이 독서를 하며 얼마나 재미있는 여자인가를 알고 모두 놀랐던 것이었다.

이 세상 누구보다도 그녀는 살인을 범할 여자가 아니었다.

조이스 씨는 생각해 낼 수 있는 모든 위안의 말로써 라버트 크로스비를 안심시킨 다음 그와 작별하였다. 그리고 또다시 자기 사무실 안에 혼자 있게 되자, 이 사건에 관한 조서(調書)의 페이지를 뒤적거렸다. 그러나 기계적으로 페이지를 넘길 뿐이었다. 그는 모든 상세한 내용을 환히 알고 있었기 때문이었다.

이 사건은 당시에 센세이션을 일으켰다. 그러므로 싱가포르에서 페닝에 이르기까지 남북을 통한 전반도의 모든 모임과 모든 식사 식탁에서 이 이야기가 논의되었다. 크로스비 부인이 진술한 사실은 간단하였다.

남편이 사업 관계로 싱가포르에 나갔으므로 그녀는 밤에 혼자 있게 되었다는 것이었다. 9시 15분 전, 늦게 혼자서 저녁을 먹고 식사 후에는 앉아서 레이스 바느질을 하고 있었다. 그 방은 베란다로 통하는 방이었다. 방갈로에는 아무도 없었다. 하인들은 뒤꼍에 있는 자기네들 거처로 물러간 후였기 때문이었다. 그녀는 앞뜰 자갈길에서 나는 발소리를 듣고 놀랐다. 그것은 토인이라기보다는 백인이라고 상상되는 장화의 발소리였다. 자동차 소리도 나지 않았고 늦은 밤에 자기를 만나러 올 사람은 있을 리 없다고 생각했기 때문에 놀랐던 것이다. 이 방갈로로 통하는 계단을 올라와 베란다를 건너고 그녀가 앉아 있던 방문 앞에 나타난 사나이가 있었다. 처음에는 누군지 분간을 하지 못했다. 방 안에는 갓을 씌운 램프가 있었고 사나이는 어둠 속에 등을 돌려대고 서 있었다.

"들어가도 좋습니까?" 하고 사나이는 말했다.

이때에도 그 여자는 목소리를 분간치 못하였다.

"누구시죠?" 하고 그 여자는 물었다.

그 여자는 안경을 끼고 일을 하고 있었으므로 이렇게 말하며 그 안경을 벗었다.

"조프레이 아몬드입니다."

"난 누구라고. 들어와서 한잔 하시죠."

그녀는 몸을 일으켜 공손히 그와 악수를 했다. 그러나 그를 보고 약간 놀라지 않을 수 없었다. 그는 바로 이웃이었음에도 불구하고, 라버트(남편)와도 최근에 와서는 친교를 교환한 일이 없었으며, 더군다나 그녀가 그를 만난 것은 몇 주일 전의 일이었다. 그는 그들의 농장에서 약 8마일 떨어진 곳에 있는 고무 농장의 관리인이다. 그래서 그녀는 왜 하필 이런 늦은 시간을 택하여 그가 자기네 내외를 만나러 온 것일까 하고 이상스럽게 생각하였다.

"라버트는 외출중이에요" 하고 그녀는 말했다. "싱가포르에 나갔는데 밤엔 거기서 묵을 겁니다."

그는 아마 자기가 찾아온 것에 대하여 변명이 필요하다고 생각을 했는지 다음과 같이 말했다.

"죄송합니다. 오늘밤은 어쩐지 적적해서요. 댁에서는 모두 안녕하신지 와 뵙고 싶은 생각이 들었어요."

"대관절 어떻게 오셨어요? 차 소리도 안 났는데."

"차는 길에다 세워 두었지요. 두 분 다 주무실지도 몰라서요."

극히 자연스러운 이야기였다. 이 집 농장 경작자는 새벽녘에 일어나 일꾼들의 점호를 취했으므로 저녁 식사 후엔 곧 잠자리에 들기를 좋아했다. 하몬드의 차는 사실, 그 이튿날 그 방갈로에서 4분의 1마일 떨어진 곳에서 발견되었다.

라버트가 부재중인 탓으로 방 안에는 위스키도 소다도 없었다. 레스리는 하인들이 필경 잠들었으리라고 생각하여 손수 위스키와 소다를 가져왔다. 그녀의 손님은 제 손으로 술을 따라 섞고 파이프에 담배를 채웠다.

조프레이 아몬드는 이 식민지에 많은 친구가 있었다. 그는 당시 마흔을 눈앞에 바라보는 나이였으나 청년 같

은 얼굴을 하고 이 고장에 나타났다. 전쟁이 발발하자
제일 먼저 지원병으로 입대하여 많은 전공을 쌓았는데
무릎에 입은 부상 때문에 입원 후에는 상이제대(傷痍除
隊)를 하게 되었다. 그러나 그 후는 D·S·O(殊勳章)
와 M·C(十字章)를 타가지고 말레이시아 연방으로 돌
아왔던 것이다. 그는 이 식민지 제일가는 당구 전문가
요, 멋진 댄서요, 수준급의 테니스 선수였다. 그러나 이
제 댄스는 할 수 없었지만, 다친 다리를 가지고도 테니
스만은 전과 다름없이 할 수 있었다. 그는 인기를 차지
하는 천성을 지니고 있었으므로 널리 뭇사람의 호감을
샀다. 매력적인 푸른 눈과 검고 멋진 고수머리를 가진,
키가 크고 잘생긴 사나이였다. 너무 여자를 좋아하는
것이 그의 단 하나의 결점이라고 노인들은 말했다. 그
래서 이 대이변이 일어난 후에도 그들은 머리를 설레설
레 저으며 장담코 그 때문에 사고가 생길 줄 알고 있었
노라고 말하는 것이었다.

이때 하몬드는, 지방 사정이며 싱가포르에서 열릴 경
마 이야기며 고무의 가격이며 최근 근처에 나타난 호랑
이를 하마터면 잡아죽일 뻔했다는 등의 이야기를 레스
리에게 늘어놓았다. 그녀는 그때 바느질하고 있던 레이
스를 어머니 생신날까지 친정으로 보내고 싶었으므로
일정한 기일까지 완성하기를 몹시 바랐다. 그러므로 다

시 안경을 끼고 그 베개가 놓여 있는 조그마한 식탁을
자기 의자 쪽으로 끌어당겼다.

"부인께선 그런 사슴뿔 안경을 안 끼는 게 좋겠는걸
요"하고 그는 말했다. "아름다운 여자가 뭣 때문에 박
색으로 보이려고 애를 쓰는지 난 도무지 그 까닭을 모
르겠단 말야."

이 소리를 듣자 그녀는 약간 몸을 뒤로 피했다. 전에
는 그가 그녀에게 그런 투의 말을 한 적이 없었다. 그
때, 가장 좋은 방법은 그 말을 가볍게 받아넘기는 것이
라는 생각이 그 여자의 머리에 떠올랐다.

"제가 미인인 체한 적이 어디 있었나요? 그렇게 직설
적으로 말씀하시면, 당신이 날 박색으로 생각하든 말든
난 아무런 상관도 없다고 대꾸하는 수밖에 없잖아요."

"난 부인을 박색으로 생각하진 않았습니다. 지독한
미인이라고 생각하죠."

"사람을 녹이시는군"하고 레스리는 비꼬는 투로 대답
했다. "그러나 아무리 그러셔도 헛약으시다고 생각할
뿐이에요."

그는 껄껄 웃어댔다. 그러고는 의자에서 일어나 그녀
곁으로 자리를 옮겨 앉았다.

"부인께선 이 세상에서 제일 아름다운 손을 가지고
계시다는 것을 부정할 작정은 아니겠지요"하고 그는

말했다.

손을 만질 것 같은 제스처를 했다. 그녀는 그를 약간 밀어 제쳤다.

"이게 무슨 짓이에요. 먼저 자리에 가 앉아요. 그리고 말조심해요. 그렇지 않으면 내쫓겠어요." 그는 꼼짝도 하지 않았다.

"내가 당신을 지독히 사랑하고 있다는 걸 모르시오?" 하고 그는 말했다. 그녀는 여전히 제법 냉담한 태도를 취하고 있었다.

"난 몰라요. 난 그런 건 단 한 순간도 믿지 않아요. 그게 진정 일지라도 난 그런 말은 듣기 싫어요."

과거 7년 동안 그가 자기에게 전연 관심을 가져온 일이 없다는 것을 알고 있었기 때문에 이 말을 듣자 그녀는 더욱 놀랐다. 그가 전장에서 돌아왔을 무렵 그들은 자주 만날 수 있었으며 그가 병이 났을 때에는 남편 라버트가 자동차로 그를 이 방갈로로 데려온 적도 있었다. 그는 그때 두 주일 간을 그들 내외와 같이 지냈었다. 그러나 그와 부인의 취미는 거리가 멀었고 그러므로 교제 관계도 우정으로까지 성숙되지 못했었다.

최근 2,3년 동안은, 그들 내외는 거의 그를 만난 일이 없었다. 가끔 그는 테니스를 하러 왔고, 다른 농장 경영자가 베푸는 파티 석상에서 가끔 만나기도 했으나

1개월 내내 콧등도 못 보는 때도 가끔 있었다.

이때 그는 또 한 잔의 위스키와 소다를 마셨다. 레스리는, 전작(前酌)이 있지나 않나 하는 생각이 들었다. 그의 태도에 예사롭지 않은 점이 있었는데 그 때문에 그녀는 약간 불쾌를 느꼈다. 점점 행패를 부리는 꼴을 그녀는 주시하고 있었다.

"나 같으면 그 이상 더 안 마시겠는데요"하고 그녀는 여전히 가벼운 기분으로 말했다. 그는 술을 들이마신 다음 술잔을 다시 제자리에 내려놓았다.

"내가 취기에 이런 말을 하고 있는 줄 아시오?"하고 그는 난폭하게 말했다.

"그런 말씀하시는 바로 그것이 취했다는 것을 명백히 설명하는 게 아닙니까?"

"뭐, 천만에 말씀. 난 처음 봤을 때부터 당신을 사랑해 왔어요. 될 수 있는 한 입밖에 내지 않도록 해왔을 뿐이죠. 그런데 이젠 참을 수 없게 됐습니다. 당신을 사랑하고 또 사랑하고 또 사랑하고 또 사랑해요."

그녀는 일어서며 쿠션을 가만히 밀어 놓았다.

"굿나이트"하고 그녀는 말했다.

"지금은 난 안 가겠소."

결국 그녀는 머리가 돌기 시작했다.

"그러나 못난 양반아, 내가 라버트 이외에는 아무도

사랑한 일이 없다는 걸 몰라? 설사 내가 라버트를 사랑
하지 않는다손 치더라도 난 당신 같은 사람에게는 조금
의 관심도 없어."

"내가 두려울 게 뭐가 있겠어, 라버트도 없는데."

"지금 당장에 나가지 않으면 하인을 불러서 끌어내게
할 거예요."

"소리쳐도 안 들릴걸."

이제 그녀는 몹시 화가 났다. 하인이 그 여자의 외치
는 소리를 충분히 들을 수 있는 베란다 쪽으로 갈 것
같은 시늉을 하는 순간 그는 그녀의 팔을 붙잡았다.

"놔요" 하고 그 여자는 독살스레 외쳤다.

"안 돼. 이제 잡았다."

그녀는 입을 크게 벌려 "애들아, 애들아!" 하고 불렀
으나 재빠른 동작으로 그가 그녀의 입을 막아 버렸다.
그가 무슨 짓을 하려는지, 그녀가 생각할 여유도 없이
그는 그 여자를 팔 속에 끌어안고 정열적인 키스를 퍼
부었다. 그녀는 몸부림치며 자기의 입술을 돌려 타오르
는 듯한 그의 입에서 벗어났다.

"안 돼, 안 돼, 안 돼" 하고 그녀는 외쳤다. "내 몸에
손대지 마. 난 싫어."

그녀는 점점 정신이 혼돈 상태로 들어가 그 이후로는
어떻게 되었는지 몰랐다. 그 전까지, 그자가 떠들어댄

것은 하나도 빠짐없이 기억에 떠올랐으나 이후부터는
정신이 아득해지며 공포와 두려움이 뒤섞인 가운데 그
의 말이 안개 속에서처럼 멀리 들려왔다. 그자가 사랑
을 호소한 것 같은 생각이 났다. 그자는 격정적인 사랑
을 퍼부었다. 그러므로 그자는 잠시 폭풍 같은 포옹 속
에서 그녀를 안고 있었다. 그녀는 당하는 수밖에 없었
다.

그자의 힘이 억세고 강한 데다가 그녀의 두 팔은 옆
구리에 붙들어 매여 있었기 때문이었다. 몸부림쳐도 소
용없었다. 점점 온 몸의 힘이 풀려 가는 것을 그녀는
느꼈다. 기절하지나 않을까 스스로 겁이 났다. 더군다
나 그자의 뜨거운 입김이 얼굴에 끼쳐 기분이 미칠 듯
이 나빠졌다. 그자는 입, 눈, 뺨, 머리 할 것 없이 마구
키스를 해댔다. 졸라 죽일 듯이 몸을 꽉 껴안았다. 그자
는 그녀의 몸을 안아 올려 다리가 공중에 뜨게 하였다.
그녀는 그를 발로 차려 애를 썼으나 그자는 더욱더 꼭
껴안을 뿐이었다. 이번에는 그녀를 번쩍 안아 올렸다.

그자는 이제는 아무 말도 없었다. 그러나 그자의 얼
굴은 창백하고 그자의 두 눈이 욕정에 타오르고 있다는
것을 그녀는 알 수 있었다. 그자는 그녀를 침실로 안고
갔다. 그자는 이제는 문명인도 아무것도 아니고 야만인
이었다. 그런데 그 여자를 안고 뛰어가다가 도중에 있

는 식탁에 걸려 버렸다. 다리에 부상을 입었던 탓으로 그 다리를 버티기에 약간 힘이 들었으며 또 팔에 껴안고 있는 여자의 육중한 무게 때문에 그자는 넘어지고 말았다.

순간 그녀는 그로부터 몸을 빼내었다. 소파 주위로 줄달음질쳤다. 그자는 번개같이 몸을 일으키더니 그녀에게로 덤벼들었다. 마침 책상 위에 한 자루의 권총이 있었다. 그녀는 신경질적인 여자는 아니었으나 그 날 밤에는 라버트가 외박하기로 되어 있었으므로 자러 들어갈 때에 그 권총을 가지고 침실로 갈 작정이었다. 이것이 권총을 그 자리에 놔두게 된 이유였다. 이때 그녀는 공포에 싸여 미칠 듯했다. 자기의 행동을 분간할 수가 없었다. 총소리가 들렸다. 하몬드가 비틀비틀하는 것이 보였다. 그자가 비명을 질렀다.

그자가 뭐라고 떠들어댔으나 무슨 말인지 그녀는 알아들을 수가 없었다. 그자는 갈지자걸음으로 방에서 나와 베란다 쪽으로 갔다. 이때 그녀는 몹시 흥분하였으므로 정신이 정궤(正軌)를 이탈한 채 그자를 뒤쫓아 나갔다. 암 그렇고말고. 그자를 뒤쫓아 나갔을 것이다. 그때 아무런 기억도 없었지만 반동적으로 권총의 방아쇠를 당기고 또 당기며 쫓아갔다. 여섯 발이 다 없어질 때까지 계속하였다. 하몬드가 베란다 바닥에 널브러졌다. 온통 피투성이가 되어 움츠러져 있었다.

 총소리에 놀란 하인들이 달려와 보니 그녀는 손에 권총을 든 채 하몬드가 쓰러진 그 앞에 서 있었다. 하몬드의 몸은 차디찼다. 그녀는 아무 말 없이 그들을 바라보고 있었다. 그들은 놀랍고 수습할 수 없는 심정으로 우두커니 서 있었다. 그녀는 손에 들었던 권총을 떨어뜨리고 말 한마디 없이 그냥 거실로 뛰어들어갔다. 그녀가 침실로 들어가 문을 잠가 버리는 것을 그들은 바라보고 있었다. 그들은 감히 그 시체에 손을 댈 수도 없었으므로, 작은 목소리로 서로 흥분해 속삭이면서 공포에 싸인 눈초리로 보고 있을 뿐이었다.

 이때 하인 대장이 정신을 가다듬고 서둘러 댔다. 오래 전부터 그 집에서 일해 온 사람이었다. 중국인인데 지각 있는 사람이었다. 라버트는 오토바이로 싱가포르에 갔으므로 차고에는 차가 있었다. 그는 부하에게 일러 그 차를 끌어내게 하였다. 그들은 즉시 치안관에게 가서 자초지종을 보고하지 않을 수 없었다. 그는 권총을 집어 자기 주머니 속에 처넣었다. 치안관인 위서스란 이름의 사나이는 약 30마일 떨어져 있는 가장 가까운 읍 교외에 살고 있었다. 그들이 그의 집까지 가는 데 한 시간 반이 걸렸다. 모두 다 잠이 들어 있었다. 아이들을 깨우는 수밖에 없었다. 곧 위서스가 나왔다. 그들은 심부름 온 까닭을 말했다. 하인 대장이 증거로 그 권총을 제시하였다. 치안관은 방으로 들어가 옷을 입고 자기 차를 불렀다. 잠시 후 그는 그들을 따라, 한적한 길을 달리고 있었다.

그가 크로스비의 방갈로에 도착했을 때는 막 먼동이 터오는 무렵이었다. 그는 베란다의 계단을 뛰어올라가더니 하몬드의 시체가 널브러진 것을 보고 잠깐 발을 멈추었다. 얼굴을 만져 보았다. 차디찼다.

"부인은 어디 있어?" 하고 그는 하인에게 물었다. 중국인들은 침실을 손가락질했다. 위서스는 그 방으로 가서 노크를 해봤다. 대답이 없다. 또 노크를 해봤다.

"크로스비 부인" 하고 그는 불렀다.

"누구세요."

"위서스입니다."

또 한 번 잠시 침묵이 흘렀다. 이때 자물쇠 여는 소리가 나더니 문이 서서히 열렸다. 레스리가 그의 앞에 서 있었다. 그녀는 침대에 누워 있지 않고 저녁 식사 때 입었던 티가운을 입고 있었다. 서서 말없이 치안관을 바라보고 있었다.

"부인댁 하인이 절 데리러 왔어요" 하고 그는 말했다. "하몬드에게 이게 웬일입니까."

"그자가 나를 강간하러 덤벼서 쏴 죽였어요."

"하느님 맙소사! 이곳으로 도망쳐 나오셨더라면 좋으셨을걸. 자초지종을 하나도 빠짐없이 말씀해 주십시오."

"지금은 못 해요, 할 수 없어요. 제게 시간적 여유를 주셔야겠습니다. 남편을 불러 주세요."

위서스는 젊은 사람이었으므로 자기의 평소 근무와는 너무나도 동떨어진 이 돌발 사건에 어찌할 바를 몰랐다. 레스리는 끝내 라버트가 도착할 때까지는 한마디도 말할 것을 거부하였다. 그 후 그 여자는 두 사나이(남편과 위서스)에게 자초지종을 말했다. 그 후에 몇 번이고 그 이야기를 되풀이했으나 최초의 이야기와 한마디도 다른 점이 없었다.

조이스 씨가 몇 번씩 물어 본 점은 권총 발사 상황이었다. 변호인으로서 그의 입장이 곤란한 것은 레스리가 한 방만을 쏜 것이 아니고 여섯 방이나 쐈다는 것이었다. 그리고 그 중 네 방은 아주 가까이서 쐈다는 것이 시체 검증에서 밝혀졌던 것이다. 그자가 쓰러진 후에도 그자에게 덤벼들어 약실(藥室)의 탄약이 없어질 때까지, 그에게 쏜 것이라고 생각할 수밖에 없었다. 그 전에 일어난 일에 대해서는 역력히 알 수 있으나 여기서부터는 기억이 희미해졌다고 그 여자는 진술하였다. 그녀의 마음은 공백 상태였다. 어찌할 수 없는 분노의 지경에까지 이르렀다. 그러나 이 조용하고 근직한 부인이 억

제할 수 없는 분노를 느꼈다는 것은 뜻밖의 일이었다. 조이스 씨는 부인을 다년간 사귀어 온 결과, 무감동한 여자라고 늘 생각했었다. 이 비극적 사건 이후 몇 주일 동안, 그녀의 태연자약한 태도에 놀랄 지경이었다.

조이스 씨는 두 어깨를 으쓱 치켜 올렸다.

'사실 내 생각으로는' 하고 그는 생각해 보았다. '부인들 중에서도 가장 존경할 만한 부인의 마음속에서도 악덕의 가능성이 숨어 있다는 것은 아무도 모르는 것 같아.'

문을 노크하는 소리가 났다.

"들어오게."

중국인 서기가 들어와 문을 닫았다. 그는 그 문을 가만히, 심사숙고하는 듯이 그러나 무슨 결심이라도 한 듯이 닫고는 조이스 씨가 앉아 있는 식탁 쪽으로 걸어 갔다.

"선생님, 죄송한 말씀이오나 두어 마디 조용한 말씀을 올려도 좋겠습니까?"

하고 그는 말했다. 서기가 말할 때의 그 단아하고 정확한 발음은 언제나 조이스 씨를 어렴풋이 기분 좋게 해주었다. 그래서 지금도 얼굴에 미소를 띠었다.

"좋다마다 치셍 군" 하고 그는 대꾸했다.

"선생님, 제가 선생님께 여쭙고자 하는 것은 기묘하

고도 비밀에 속하는 문제입니다."

"어서 말해 봐."

조이스 씨의 눈이, 영리한 자기 서기의 시선과 마주 쳤다. 평소 웅치셍은 이 지방 유행의 최첨단을 가는 옷 차림을 하고 있었다. 반짝반짝하는 에나멜 가죽구두에 멋진 명주양말을 신고 다닌다. 그의 검은 색 넥타이에 는 진주와 루비가 박힌 핀이 꽂혀 있었고 그의 왼손 약 손가락에는 다이아 반지가 끼어 있었다. 말끔한 흰색 양복저고리 주머니에서는 금빛 만년필과 금빛 샤프 펜 슬이 고개를 내밀고 있었다. 손목에는 금시계를 차고 콧전에는 테 없는 코안경을 걸고 있었다. 그는 한두 번 기침을 했다.

"문제는 크로스비 사건에 관련된 것입니다, 선생님."

"그래서?"

"선생님, 어떠한 사실 하나를 제가 알게 되었는데 그 것은 이번 사건에 새로운 복잡성을 가져올 것이라고 저 는 보고 있습니다."

"무슨 사실이?"

"피고로부터 이 비극의 희생자에게 보내 온 실제의 편지가 있다는 것을 제가 알게 된 것입니다, 선생님."

"그렇다고 해서 뭐 놀란 건 조금도 없네. 과거 7년 동안, 크로스비 부인께서 하몬드 씨에게 편지를 보낸 경우가 가끔 있었다는 것에 대하여 나는 하등의 의심도 갖고 있지 않네."

조이스 씨는 자기 서기의 총명한 두뇌에 대하여 높이 평가하고 있었으므로, 자기 의중을 감추도록 조심해서 말했던 것이다.

"선생님, 그야 지당한 말씀이시죠. 크로스비 부인은 고인과 빈번히 연락을 가졌을 것입니다. 예를 들자면 저녁 식사에 초대를 한다든지 또는 테니스 게임을 하자고 청한다든지 그 증거물이 저에게 제시되던 처음에는 저도 그렇게 생각했습니다. 그러나 그 편지는 하몬드 씨가 죽던 그 날 보내 온 것입니다."

조이스 씨는 눈썹 하나 까딱하지 않았다. 그와 이야기할 때면 언제나 재미있다는 듯이 띄우는 그 어렴풋한 미소를 지으며, 한결같이 옹치셍을 바라보았다.

"누가 그런 소릴 하던가?"

"제 친구가 이 사실을 제게 알려 왔습니다, 선생님."

조이스 씨는 고집을 부릴 필요도 없이, 모든 것을 잘 알아차렸다.

"그 무서운 일이 벌어진 그날 밤까지 고인과는 몇 주일 간 아무런 연락도 가진 바 없었다고 크로스비 부인이 진술한 것을 선생님께서도 틀림없이 기억하실 겁니다."

"그 편질 자네가 가지고 있는 것인가?"

"천만의 말씀입니다, 선생님."

"그래 그 내용이 뭐던가?"

"제 친구놈이 그 사본을 제게 주었습니다. 읽어 보시렵니까, 선생님?"

"어디 좀 보세."

옹치솅은 호주머니에서 지갑을 꺼냈다. 서류, 싱가포르 지폐, 시거렛 카드가 꽉 찬 지갑이었다. 복잡한 그 속에서 금세, 얇은 공책 종이 반 장을 꺼내 조이스 씨 앞에 내놓았다. 편지의 사연은 다음과 같았다.

'R은 오늘밤에는 외박입니다. 꼭 좀 뵈야겠습니다. 11시에 기다리고 있겠습니다. 저는 필사적이랍니다. 만약 와주시지 않으시면 앞일에 대해서는 저 자신도 장담을 못 드리겠습니다. 차로 오시지 마세요.—L.'

편지는, 중국인들이 외국인 학교에서 배운 희한한 솜씨의 글자로 씌어져 있었다. 특징 없는 이 글체가 불길한 내용의 그 글자와는 어울리지 않는 것은 기묘한 일이었다.

"자네는 무엇으로 미루어, 이 쪽지가 크로스비 부인의 필적이라고 생각하는가?"

"제게 정보를 제공해 준 친구의 성실성을 저는 확실히 믿고 있습니다, 선생님" 하고 옹치솅은 말했다. "그리고 그 쪽지, 그것이 모든 것을 입증하고도 남음이 있을 것입니다. 그런 쪽지 편지를 썼나 안 썼나 하는 것은 크로스비 부인에게 물어 보시면 대뜸 대답해 드릴 수 있을 것이라고 확신합니다."

이 대화의 처음부터 조이스 씨는, 자기 서기의 그 품위 있는 얼굴에서 시선을 떼지 않았다. 지금 그 얼굴에 어렴풋이 조롱의 빛이 감돌고 있는 것이나 아닐까 하는 생각이 들었다.

"그런 쪽지 편지를 크로스비 부인이 썼다고는 믿어지지 않는걸" 하고 조이스 씨는 말했다.

"선생님께서 그렇게 생각하신다면, 그 쪽지 사건은, 물론 그만이죠. 제 친구놈은, 제가 선생님을 모시고 사무실에 있는 관계로 이 쪽지가 검사의 수중에 들어가기 전에, 이런 쪽지 편지가 있다는 것을 선생님께서 알고 계시는 편이 좋을 것이라고 생각했을 뿐이기 때문에 이건을 제게 일러 준 것입니다."

"쪽지 원본은 누가 가졌나?"

하고 조이스 씨는 날카로운 어조로 물었다. 옹치셍은 선생의 이 질문이나 태도에서 조금의 변화도 눈치채지 못한 얼굴을 해보였다.

"하몬드 씨의 사후에 그가 중국 여자와 관계를 맺고 있었다는 사실이 알려진 것을 아마 선생님께서는 잊지 않으셨을 것으로 믿습니다. 그 쪽지 편지는 그녀가 가지고 있습니다."

중국 여자는 세상 소문이 하몬드를 맹렬히 공격하도록 만든 원인 중의 하나였다. 수개월 전부터 중국 여자를 집 안에 끌어들여서 동거를 하고 있다는 것이 알려지게 되었던 것이다.

잠시 동안 그들의 어느 쪽도 말이 없었다. 정말이지, 할 말은 다했으며 각자는 말로 표현된 그 이외의 의중을 잘 알고 있는 터였다.

"치셍, 고맙네. 그 건은 한번 생각해 보겠네."

"죄송스럽습니다, 선생님. 그럼 결과를 제 친구 놈에게 연락할까요?"

"그자와 연락이 된다면 아마 그렇게 하는 게 좋겠네."

조이스 씨는 심각한 태도로 대꾸했다.

"네, 분부대로 하죠, 선생님."

서기는 아까 들어올 때와 똑같이, 무엇을 심사숙고하는 듯이 문을 닫고 사무실을 나가 버렸다. 조이스 씨는 여러 가지 생각에 잠겼다. 깨끗하고 특징 없는 필적으로 적힌, 레스리의 편지 사본을 뚫어지게 들여다보았다. 가지가지의 막연한 의혹이 그를 괴롭혔다. 너무도 어이없는 일들이어서 생각하지 말리라고 애써 보았다. 그 편지에는 명백한 까닭이 있을 것이며 레스리는 틀림

없이 즉석에서 설명을 해줄 것이다. 그러나…… 설명이
필요한 것은 절대적이다. 그는 자기 의자에서 일어나
그 쪽지를 호주머니 속에 처넣고 토피 모자를 집어 썼
다. 그가 밖으로 나가 보니 옹치셍은 책상에 앉아서 열
심히 무엇인가를 쓰는 중이었다.

"잠깐 나갔다 오겠네, 치셍" 하고 그는 말했다.

"12시에는 조지 리드 씨가 오시기로 약속이 돼 있지
않습니까. 어디 가셨다고 여쭐까요?"

조이스 씨는 그를 보고 빙그레 미소를 지었다.

"어디 갔는지 도무지 모르겠다고 하면 돼."

자기가 형무소로 간다는 것을 옹치셍이 알고 있다는
것은 너무나도 뻔한 일이었다. 베란다(지명)에서 벌어
진 범행이었기에 재판도 베란다 바루에서 개최될 것이
나 그곳 옥사(獄舍)에는 백인을 구류할 만한 시설이 마
련되어 있지 않았기 때문에 크로스비 부인은 싱가포르
로 이송된 것이었다.

조이스 씨가 기다리고 있는 방에 인도되자 그녀는 그
가냘프고 특징 있는 손을 내밀며 기분이 좋은 듯이 미
소를 지었다. 평소와 다름없이 청초한 옷차림에, 탐스
럽고 푸른 기운이 도는 머리도 세심하게 손질이 되어
있었다.

"선생님을 오늘 아침에 뵙기는 뜻밖입니다" 하고 그녀

는 품위 있는 태도로 말했다.

그녀는 그녀 자신의 집에 살고 있는 것이며, 하인을 불러 손님에게 진 파피트라도 가져오라고 할 것 같은 착각을, 조이스 씨는 일으킬 지경이었다.

"안녕하십니까?" 하고 그는 물었다.

"고맙습니다. 건강 상태는 극히 양호합니다."

재미있다는 기색이 그녀의 눈을 언뜻 스쳐 갔다.

"휴양지로서는 최고입니다."

간수는 나가 버리고 그들만이 남게 되었다.

"앉으시죠" 하고 레스리는 말했다.

그는 의자에 자리를 잡았다. 어디서부터 이야기 실마리를 풀어야 할지 아득하였다. 그녀의 태도가 너무나도 냉담하여, 이야기할 목적으로 온 그 건을 집어낼 도리가 거의 없는 듯싶었다. 그녀는 미인은 아니었지만 호감을 살 수 있는 인상을 지니고 있는 용모의 여자였다. 우아한 맛도 있었다. 그러나 그 우아의 기품은 좋은 가정에서 자라난 데서 오는 것이요, 조금도 세상에 닳아진 데가 없었다. 그녀를 보면, 그녀가 어떤 환경 속에서 살아왔으며 어떤 사람들과 사귀어 왔는가를 알 수 있었다. 가냘픈 체구 때문에 유독 고상해 보였다. 티끌만큼이라도 더럽다는 생각을 가지고 그녀를 연상할 수는 없었다.

"오늘 오후에는 라버트가 면회오기로 되어 있어서 기다리고 있는 중입니다" 하고 그녀는 그 독특한 쾌활하고 가벼운 목소리로 말했다(그녀의 말소리를 듣는 것은 유쾌한 일이었다. 음성과 악센트가 그녀의 신분을 분명히 입증하고 있었다).

"딱하게도 우리 집 바깥양반은 여간 걱정하지 않을 겁니다. 2,3 일이면 만사가 다 해결될 것이라니 다행으로 생각하고 있어요."

"이젠 불과 닷새 남았지요."

"네, 그래요. 전 아침마다 잠이 깨면 '하루 줄었구나' 하고 혼자 중얼거린답니다" 하며 그녀는 미소를 띠었다. "학생 시절엔 방학날을 그렇게 기다렸지요."

"그런데, 그 대이변이 벌어지기 전 몇 주일 간, 부인께서 전연 하몬드와 연락이 없었다고 생각해도 좋겠지요?"

"그럼 장담할 수 있습니다. 저희가 마지막으로 만난 것은 맥파렌 씨 댁 테니스 파티 때였습니다. 그때에도 두어 마디밖에 얘기하지 않았다고 기억합니다. 아시다시피 코트가 두 개 있는데, 저희는 우연히도 같은 팀이 아니었어요."

"그럼 서신 왕래한 일도 없습니까?"

"오호, 천만에 말씀."

"틀림없지요?"

"네, 틀림없어요" 하고 그녀는 약간 미소를 띠며 대답했다.

"저녁 식사에 초대한다든지 테니스 시합을 청하는 경우 이외에는 서신을 낸 일이 없으니까요. 그리고 근래 몇 개월 간은 그 어느 초대도 하지 않았어요."

"한때는 꽤 친밀하셨던 모양인데 어떻게 되어 발을 끊게 됐습니까?"

크로스비 부인은 그 가냘픈 어깨를 으쓱 치켜 올렸다.

"사람에게 권태를 느끼는 수가 있잖아요. 무엇 하나 공통점이라곤 없으니까요. 물론 그가 병이 났을 때에는 라버트와 제가 있는 힘을 다하여 간호해 주었지만 근래 한 2년 간은 아주 건강했으며 또 만인에게 인기가 대단했지요. 갈 곳이 너무 많아 걱정이었는데 구태여 초청까지 할 필요는 없는 것 같았어요."

"확실히 그뿐이었습니까?"

크로스비 부인은 잠깐 주저하였다.

"그럼 말씀드려 두는 것이 좋겠어요. 중국 여자와 동거를 하고 있다는 소문이 들려와서요. 라버트가 그를 집안에 들이기 싫다고 그랬어요. 제가 이 눈으로 중국 여잘 봤으니까요."

조이스 씨는 손으로 턱을 괴고 등받이가 곧은 팔걸이 의자에 앉아, 두 눈으로 레스리를 한결같이 바라보았다.

그녀가 여기까지 언급했을 때 그 검은 눈동자 속에 돌연, 1초의 또 몇 십분의 일 동안, 선짓빛 같은 붉은 빛이 깃들여 있다고 본 것은 그의 지나친 생각이었을까? 효과 만점이었다. 조이스 씨는 의자에 앉은 채 몸을 단정히 하였다. 열 손가락 끝을 맞대어 놓고 극히 천천히 말을 잘 골라 가며 입을 열었다.

"조프레이 하몬드에게 보낸 부인의 필적으로 된 편지가 있다는 것을 말씀드리지 않을 수 없군요."

그는 유심히 그 여자를 관찰하였다. 손 하나 까딱하지 않고 안색 하나 변하지 않았으나 다음 대답을 할 때까지 예사롭지 않을 정도의 시간이 걸렸다.

"과거에 저는 그를 초청한다든지, 그가 싱가포르에 나간다는 것을 알면 물건을 사다 달라고 부탁한다든지, 하기 위하여 쪽지를 낸 일이 가끔 있습니다."

"이 쪽지는 라버트가 싱가포르로 가니까 와달라는 내용입니다."

"그럴 리 없어요. 전 그 따위 짓은 절대 한 일이 없으니까요."

"한번 직접 그 쪽지를 읽어 보시는 것이 좋겠습니다."

그는 그 쪽지를 양복주머니에서 꺼내 그녀에게 내밀어 주었다. 여자는 그것을 홀끗 보더니 멸시하는 듯한 미소를 띠고 다시 돌려주었다.

"제 필적이 아닌데요."

"그렇습니다. 원본의 정확한 사본이랍니다."

이제서야 그의 말의 진의를 알아들었다. 그의 진의를 알게 되자 무서운 변화가 그녀의 온 몸에 감돌았다. 핏기가 없어진 그녀의 얼굴은 보기에도 딱할 정도였다. 얼굴이 푸른색으로 변했다. 갑자기 살이 떨어져 나가, 얼굴 가죽이 뼈에 찰싹 붙은 것같이 보였다. 입술이 뒤로 젖혀져 이가 다 내다보였고 그러므로 얼굴 전체가 일그러져 버렸다. 움푹 파인 눈꺼풀 속에서 튀어나온 눈으로 조이스 씨를 노려보는 것이었다. 지금 그는 헛소리를 지르는 사자의 해골을 보고 있는 것 같았다.

"무슨 뜻이지요?" 하고 그녀는 속삭이는 듯이 말했다. 입 속이 너무나도 메말라서 쉰 목소리밖에 나오지 않았다. 벌써 그것은 인간의 음성이 아니었다.

"부인을 위해서 말씀드리는 겁니다" 하고 그는 대답했다.

"난 안 썼는데. 맹세코 안 썼는데."

"정신을 차려 말씀하십시오. 쪽지 원본이 부인 필적이라면 부인한댓자 소용없습니다."

"위조일 거예요."

"위조란 것을 입증하기는 어려울 것 같습니다. 진짜라는 것을 입증하는 편이 간단할 것 같군요."

전율이 그녀의 가냘픈 전신을 휩쓸었다. 이마에는 구슬만한 땀이 맺혔다. 가방에서 손수건을 꺼내 두 손바닥을 훔쳤다. 그 쪽지 편지를 또 한 번 흘끗 보고 나서 조이스 씨를 곁눈으로 보았다.

"날짜가 없는데요. 편지를 쓰고도 전혀 생각이 안 난다면 그것은 오래 전에 쓴 것일지도 모르지요, 생각할 여유를 좀 주시면 당시의 사정을 회상해 보도록 하겠습니다."

"날짜가 없다는 것에는 저도 관심을 갖고 있습니다. 그 쪽지가 검사 수중에 들어간다면 하인들을 반대 심문할 것입니다. 하몬드가 피살되던 날 누가 그 쪽지를 그에게 갖다 줬는지 곧 알게 될 겁니다."

크로스비 부인은 두 손을 꽉 잡고 의자 속에서 몸을 축 늘어뜨렸으므로 기절하는 줄로만 알았다.

"그런 편지를 안 썼다는 것을 선생님께 맹세합니다."

조이스 씨는 잠시 아무 말도 없었다. 미칠 것 같은 그녀의 얼굴에서 눈을 옮겨 마룻바닥을 내려다보았다. 잠시 생각에 잠겨 있었다.

"정 그러시다면 우리는 이 문제에 대하여 이 이상 더

논의할 필요가 없습니다" 하고 그는 마침내 침묵을 깨뜨려 천천히 말했다. "이 쪽지를 가지고 있는 자가 검사의 손에 그것을 넘기는 것이 타당하다고 생각하는 경우, 각오를 하셔야 합니다."

그의 말은, 그녀와 더 이야기할 아무것도 없다는 듯이 들렸다. 그러나 그 자리를 떠나려는 기색은 보이지 않았다. 기다리고 있는 것이다. 그 자신이 퍽 오래 기다린 것같이 여겨졌다. 레스리를 눈으로 보지는 않았지만 그녀가 지극히 냉정한 태도로 앉아 있다는 것을 그는 알고 있었다. 바스락 소리 하나 안 내고 앉아 있었다. 결국, 먼저 입을 연 것은 그였다.

"제게 더 하실 말씀이 없으시다면 전 사무실로 돌아갈까 합니다."

"그 쪽지를 본다면 사람들은 어떻게 생각할 것 같습니까?" 하고 이때 그녀가 물었다.

"부인께서 계획적인 거짓말을 했다는 것을 알게 되겠지요" 하고 조이스 씨는 날카롭게 대답했다.

"언제 제가?"

"적어도 3개월 간은 하몬드와 연락이 없었다고 명확히 진술해 오시지 않았습니까?"

"모두가 제게는 몸서리쳐지는 충격이었습니다. 그 무시무시한 밤중의 일은 일종의 악몽과 같습니다. 사소한

일 하나쯤 제 기억에서 잊혀졌다고 해도 이상할 건 없
잖습니까."

"하몬드와 함께 계셨을 때의 일을 정확 상세히 기억
하고 또 말씀하시면서, 부인의 긴급한 요청에 의하여
그가 그 죽던 날 밤 부인을 뵈러 방갈로에 왔었다는 중
대한 점을 잊어버리셨다는 것은 크나큰 불행이라 할 수
있을 겁니다."

"전 잊어버렸던 것이 아닙니다. 일을 저지른 후여서
그 이야기를 언급하기가 두려웠어요. 제 초청으로 그가
왔다는 것을 제가 시인하면 제 이야기를 믿어 줄 사람
은 없다고 생각했습니다. 참 제가 어리석었지요. 그러
나 제가 정신 없이 일단 그와는 연락이 없었다고 말을
해놓은 이상, 저는 끝끝내 그대로 밀어붙이는 수밖에
없었습니다."

여기서 레스리는, 그 태연자약한 태도를 이미 회복하
고 솔직담백한 마음으로 그의 의혹에 찬 시선을 받아들
였다. 그녀의 부드러운 얼굴에는 진실로 항복하는 수밖
에 없었다.

"그러면 왜 라버트가 외박하는 날 밤에 하몬드에게
와달라고 한 것인지 그 설명이 필요할 겁니다."

그녀는 얼굴 전체를 돌려 변호사를 바라보았다. 여태
껏 그녀의 눈을 무의미하다고 생각한 것은 그의 잘못이

었다. 오히려 멋진 눈이라고 말할 수 있으며, 그의 착각
이 아닐진대, 그녀의 눈은 지금 눈물에 젖어 빛나기까
지 하는 것이었다. 목이 메어 말이 잘 안 나오는 모양
이었다.

"라버트를 깜짝 놀라게 해줄 생각이었어요. 그의 생
일이 다음 달이랍니다. 그이가 새 엽총을 갖고 싶어한
다는 것을 저는 알고 있었습니다. 그러나 아시다시피
전 사냥에 대해서는 아주 백지가 아니에요. 그래서 조
프레이에게 그 이야길 하려고 그랬어요. 그에게 그 총
을 주문해 달라고 부탁할 생각이었어요."

"아마 그 편지 내용이 확실히 머리에 안 떠오르시는
모양입니다. 다시 한 번 보시지요."

"아뇨, 보고 싶지 않습니다" 하고 그녀는 냉큼 말했
다.

"부인께서는 그 편지가, 총을 살 얘기를 의논하기 위
해서 서로 사이가 먼 사람에게 보낸 그런 따위의 편지
로 여겨집니까?"

"오히려 엄청나게 감정적인 편지였다고 할 수 있습니
다. 전 그런 식으로 글을 쓴답니다. 아시겠어요? 당장
이라도 지극히 어리석은 짓이었다고 자인할 용의를 저
는 가지고 있습니다" 하고 그녀는 미소를 띠었다. "결국
조프레이 하몬드는 사이가 먼 사람이라고는 할 수 없지

요. 그가 병이 났을 때에는 제가 어머니처럼 간병을 해 줬으니까요. 라버트가 없으니 와달란 것은 라버트가 그를 집안에 끌어들이는 것을 싫어했기 때문이죠."

조이스 씨는 한 자리에 너무 오래 앉아 있기에 진력이 났다. 일어서서 방 안을 앞뒤로 한두 번 왔다갔다 거닐며 다음에 할 말을 고르고 있었다. 그러더니 아까 앉았던 의자 등받이에 기대앉으며 깊고 무거운 음성으로 천천히 입을 열었다.

"크로스비 부인, 저는 부인께 지극히 중대한 말씀을 드리고자 하는 바입니다. 이 사건은 비교적 순풍(順風)을 받아 온 셈입니다. 제 생각으로는 설명을 요하는 점은 단 하나뿐이라고 보고 있습니다. 제 판단으로는, 하몬드가 땅에 쓰러진 후에도 네 발 이상을 그의 몸에 발사했다고 봅니다. 점잖은 성품과 세련된 천성을 가지고 있으며 평소 이성이 강하다고 하는 여자가 겁에 들떴었고 연약하다고는 할망정, 그렇게 아주 자기 정신을 잃고 격분의 노예가 될 수 있다는 것은 수긍하기가 어려운 일입니다. 그것도 물론 시인될 수 있는 일이기는 합니다만 조프레이 하몬드는 만인의 호감을 샀으며 대체로 사람들의 높은 평가를 받아왔지만, 부인께서 그를 비난하시던 바와 같이 부인의 행위는 정당한 것이었고 그자는 능히 그런 범죄를 저지를 위인이라는 것을, 저

는 입증할 작정으로 있었습니다. 그가 죽은 후에 알려
진 것인데 그가 중국 여자와 살고 있었다는 사실은 사
건 진행에 지극히 명료한 근거를 주었습니다. 이로 말
미암아 자칫하면 그에게로 쏠리기 쉬운 동정을 그는 송
두리째 빼앗기고 만 것입니다. 저희들은 그러한 관계에
서 오는 그에 대한 악평판을 이용하여, 모모한 모든 인
사들의 마음에 호소할 결심이었습니다. 오늘 아침 바깥
양반께, 무죄석방은 자신 있다고 말씀드렸는데 그저 마
음을 안위시키려고 한 말은 아니었습니다. 배석판사들
이 혐의할 필요조차 없으리라고 확신하고 있었던 것입
니다."

그들은 서로의 시선을 맞부딪쳤다. 크로스비 부인은
이상하게도, 한결같이 꼼짝도 하지 않았다. 뱀의 눈초
리에 사로잡힌 참새 같았다. 그는 여전히 조용한 음성
으로 말을 계속하였다.

"그러나 이 쪽지가 사건에 대하여 전혀 새로운 복잡
성을 던지고 말았습니다. 제가 부인의 변호인이라는 것
을 잊지 말아 주십시오. 법정에 선 제가 부인을 대리하
는 것입니다. 저는 부인이 제게 말씀하시는 대로 그것
을 받아들여 그 말씀 내용에 의해서 변호 활동을 할 것
입니다. 저는 부인의 말씀을 믿을지도 모르고 안 믿을
지도 모릅니다. 변호사의 직책이란 법정 앞에 놓여 있

는 증거를 법정이 유죄판결로 이끌어 가는 것에 대한
부당성을 법정으로 하여금 납득하도록 하는 것입니다.
변호 의뢰인의 유죄 무죄에 대한 개인적인 의견은 전혀
문제 밖에 있는 것입니다."

레스리의 눈 속에 미소의 기맥이 도는 것을 보고 그
는 놀랐다. 기분이 나빴지만 그대로 약간 냉담한 어조
로 계속했다.

"부인의 간곡한 초청(저는 병적인 초청이라고 말하고
싶습니다)을 받고 하몬드가 댁으로 온 것이었다는 것을
부인치 않으시겠지요?"

크로스비 부인은 잠시 주저주저하며 대답을 생각하는
것 같았다.

"하인 아이가 그 쪽지를 그의 방갈로로 가져갔다는
것이 입증될 겁니다. 그애는 자전거로 갔지요."

"남들을 바보라고 생각하셔서는 안 됩니다. 그 쪽지
가 여태껏 아무도 생각지 않은 의혹의 길로 사건을 이
끌어 갈 것입니다. 그 쪽지 사본을 봤을 때 제 개인적
으로 어떤 생각을 했나 하는 것은 말씀 안 드리겠습니
다. 부인의 목숨을 구하는 데 필요한 그 이상의 어떤
사실도 저는 알고 싶지 않습니다."

크로스비 부인은 비명을 울렸다. 공포에 싸여 얼굴이
백지장이 되며 벌떡 일어섰다.

"사형은 아니겠지요?"

"부인께서 정당방위상 하몬드를 죽인 것이 아니라는 결론에 도달한다면, 유죄판결을 하는 것이 배석 판사들의 의무일 겁니다."

"하지만 그들은 무엇을 증거로 잡을 수 있습니까?" 하고 그 여자는 허덕이었다.

"글쎄, 무엇을 증거로 잡을지 전 모르겠습니다. 부인이 알고 계시지, 전 알고 싶지도 않습니다. 그러나 그들의 의심이 높아진다면, 그들이 조사를 시작한다면, 그들이 원주민들을 신문한다면 무엇이 탄로나지요?"

그녀는 갑자기 몸의 중심을 잃고 그가 붙잡을 겨를도 없이 마룻바닥에 쓰러져 버렸다. 물이라도 있을까 하고 방 안을 둘러보았으나 없었다. 법석을 일으키기도 싫고 하여 그녀를 마룻바닥에 똑바로 눕히고 그 옆에 무릎을 꿇고, 정신을 차릴 때를 기다렸다. 그녀가 눈을 떴을 때 그 속에 죽음의 공포가 감돌고 있는 것을 보고 그는 어쩔 줄을 몰랐다.

"가만히 그대로 계십시오" 하고 그는 말했다. "곧 괜찮아질 겁니다."

"제가 사형당하지 않도록 해주세요" 하고 그 여자는 속삭이듯이 말했다.

나지막한 목소리로 그 여자를 진정시키느라 애썼으나

히스테리컬하게 울기 시작하였다.

"제발 좀 정신 차리십시오" 하고 그는 말했다.

"잠깐만 기다려 주세요."

그녀의 용기는 가상한 것이었다. 이성을 다시 찾으려고 애쓰는 것이 눈에 보이는 듯하였다. 금세 그녀는 다시 한 번, 마음의 진정을 회복하였다.

"자아, 절 일으켜 주세요."

그는 손을 뻗어 그녀가 일어나는 것을 도왔다. 손을 잡고 의자에 앉혔다. 그녀는 기진하여 주저앉아 버렸다.

"잠시 제게 아무 말씀도 말아 주세요" 하고 그 여자는 말했다.

"네, 좋습니다."

마침내 그녀가 입을 열자, 의외의 말이 튀어나왔다. 그녀는 가벼운 한숨을 짓는 것이었다.

"제가 실수를 하지나 않았는지 두렵습니다" 하고 그 여자는 말했다. 그가 대꾸를 안 했으므로 또다시 침묵이 흘렀다.

"그 쪽지를 입수할 순 없겠습니까?" 하고 마침내 그녀는 말했다.

"그 쪽지를 가지고 있는 자가 그것을 팔 작정이 아니라면 제게 아무 말도 안 했을 것이라고 생각합니다."

"가지고 있는 자는 누굽니까?"

"하몬드 집에 살고 있던 중국 여잡니다."

순간 한 점의 붉은 기운이 레스리의 광대뼈에 떠올랐다.

"막대한 대가를 요구하나요?"

"빈틈없이 그 쪽지의 가치를 계산하고 있다고 생각합니다. 헐값에 입수할 순 없을 겁니다."

"절 사형시키실 작정이신가요?"

"반갑지도 않은 증거 조각을 입수하는 것이 모두 그렇게 간단하다고 생각하십니까? 증인을 매수하는 것과 다름없는 것입니다. 그런 암시를 제게 주실 권리는 없지요."

"그럼 전 어떻게 된단 말씀이신가요?"

"법은 법의 길을 취해야지요."

그녀의 안색이 몹시 창백해졌다. 가벼운 전율이 전신을 스쳐갔다.

"제 목숨을 선생님 손에 맡깁니다. 몰론 제가 부당한 일을 해주십사 하고 청할 권리는 없습니다."

조이스 씨는 그녀가 가냘프게 울음 섞인 목소리를 터뜨리리라고는 한 번도 생각한 적이 없었다. 평소 자제력에 비할 때 그 목소리는 그로 하여금 도저히 견딜 수 없는 감동을 느끼게 했다. 그녀는 겸허한 눈초리로 그

를 바라보는 것이었다. 그 눈초리가 의미하는 호소를
거절한다면 일생 동안 쫓아다니며 괴롭힐 것이라는 생
각이 들었다. 결국 불쌍한 하몬드의 생명을 다시 살릴
길은 없는 것이 아닌가. 그 편지가 의미하는 진의는 무
엇일까? 분통이 터지는 일도 없었는데 하몬드를 죽였다
고, 그 편지를 보고 결론을 내리는 것은 부당하다. 조이
스 씨는 동양에서 너무 오랫동안 살아온 탓으로 그의
직업적 양심이 20년 전만큼 철저하지 못해진 것인지도
몰랐다. 그는 마룻바닥을 내려다보았다. 부당한 짓인
줄 잘 알고 있는 일을 하겠다고 결심한 것이다. 그러나
목구멍에 무엇이 걸린 것 같아 막연히나마 레스리가 원
망스럽게 여겨졌다. 그러므로 그는 말을 끄집어 내기가
서먹서먹했다.

"바깥양반 사정이 어떠신지 전 자세히 모르는데요."

얼굴에 장밋빛 화색이 돌더니 그녀는 재빨리 시선을
그에게로 돌렸다.

"남편은 주석(朱錫) 주(株)도 많이 가지고 있으며 두
서너 곳 고무 농장에도 주를 가지고 있습니다. 제 생각
으로는 남편이 돈 주선은 할 수 있을 것 같습니다."

"돈의 사용 목적을 밝혀야 할 겁니다." 잠시 그 여자
는 말없이 있었다. 생각을 하고 있는 모양이다.

"남편은 여전히 저를 사랑하고 있습니다. 저를 위해

서는 무슨 희생이라도 할 겁니다. 그이가 그 쪽지를 볼
필요는 없겠지요?"

조이스 씨는 약간 얼굴을 찌푸렸다. 재빨리 눈치를
챈 그녀는 말을 계속했다.

"라버트와 선생님은 막역한 사이가 아니십니까. 저를
위하여 일을 봐다라라고 선생님께 부탁드리는 것은 아
닙니다. 선생님께 여지껏 한 번도 괴로움을 끼쳐 드린
일 없는, 오히려 단순하고 마음씨 좋은 사나이의 고통
을 덜어 주십사 하는 것입니다."

조이스 씨는 대꾸도 하지 않았다. 그는 방을 나갈 작
정으로 일어섰다. 크로스비 부인은, 그 타고난 우아한
태도로 손을 내밀어 악수를 청했다. 이 쪽지 사건으로
혼이 나가다시피 된 그녀의 얼굴은 수척해졌다. 그러나
장하게도 그녀는 그를 예의를 갖춰서 전송하려는 것이
었다.

"저 때문에 이렇게 수고를 해주셔서 죄송합니다. 무
어라고 감사의 말씀을 드려야 좋을는지요."

조이스 씨는 사무실로 돌아왔다. 일에 대한 의욕을
잃어버린 듯이 자기 방 안에 가만히 앉아서 생각에
잠겨 있었다. 가지가지의 기기묘묘한 생각들이 공상 속
에 떠올랐다. 몸이 약간 떨리는 것 같았다. 마침내 그가
기다리고 있던, 신중히 두드리는 노크 소리가 들려왔

다. 옹치셍이었다.

"선생님, 점심을 먹으러 가려는 참인데요" 하고 그는 말했다.

"응, 좋아."

"선생님, 제가 나가기 전에 선생님께 무슨 소용이 되지나 않을까 해서요."

"별로 없는데. 리드 씨에게 다시 약속을 해놨나?"

"네, 선생님. 3시에 올 겁니다."

"좋아."

옹치셍은 몸을 돌려 문 쪽으로 걸어갔다. 그리고 그 길쭉한 손가락으로 문 손잡이를 잡았다. 이때 그는 다시 몸을 돌렸다. 마치 그 자리에서 생각이 난 것처럼.

"선생님, 제 친구에게 전하고 싶으신 말씀은 없으신지요?"

옹치셍은 대단히 훌륭한 영어를 했지만 알(r)자 발음에는 여전히 곤란을 느꼈다. 그래서 그는 'friend'를 'fliend'로 발음하는 것이었다.

"무슨 친구 말인가?"

"크로스비 부인이, 돌아간 하몬드에게 보낸 그 편지 말씀입니다."

"오호! 깜빡 잊었었네그려. 크로스비 부인에게 그 이야길 했더니, 그런 편지를 쓴 일이 없다고 부정하던데.

그건 틀림없이 위조일걸세."

조이스 씨는 주머니에서 그 쪽지 사본을 꺼냈다. 옹치셍은 조이스 씨의 제스처를 모르는 체했다.

"선생님, 그러면 제 친구놈이 그 쪽지를 검사에게 제출해도 전혀 지장이 없겠지요."

"전혀 없네. 그러나 자네 친구에게 무슨 이익이 있는지 난 도무지 모르겠는걸."

"선생님, 제 친구놈은 그것을 정의를 위한 의무라고 생각하고 있습니다."

"치셍, 난 자기의 의무를 이행하고자 하는 데 누구라도 절대 방해하지 않는 사람일세."

변호사의 눈과 중국인 서기의 눈이 마주쳤다. 어느 쪽 입술에도 미소의 흔적이 감돌지는 않았지만, 그들은 서로의 심중을 완전히 파악하고 있었다.

"선생님, 잘 알고 있습니다."

하고 옹치셍은 말했다.

"그러하오나 제가 크로스비 사건을 연구해 본 결과로는, 그러한 편지의 출현은 저희 변호 의뢰인측을 불리하게 할 것이라는 의견을 가지고 있습니다."

"치셍, 난 항상 자네의 법적 통찰력을 높이 평가하고 있는 바일세."

"그 쪽지를 가지고 있는 중국 여자를 타일러서 저희

들 수중으로 넘어오도록, 제 친구놈을 설득시킬 수 있다면 크나큰 불행이 면해질 것이라는 생각이 문득 들었답니다."

조이스 씨는 심심풀이로 압지 위에 인상(人相)을 그려 보았다.

"내 생각으로는 자네 친구는 장삿속인 것 같은데, 어떤 조건이면 그자가 그 쪽지를 내놓을 것 같은가?"

"친구가 가지고 있는 게 아닙니다. 중국 여자가 가지고 있는 것입니다. 제 친구는 그 중국 여자의 단 하나밖에 없는 일가가 되죠. 그 여잔 무식하므로 그 쪽지의 가치도 모르고 있는 것을 제 친구놈이 일러 준 것입니다."

"그래, 그자는 얼마만한 값을 붙이고 있는 것인가?"

"선생님, 만 달러는 보고 있습니다."

"천만에! 도대체 크로스비 부인이 만 달러란 돈을 어디서 마련할 수 있다고 생각하는 건가! 그 쪽지는 위조라고 거듭 말하는 바일세."

그는 말하면서 옹치셍을 쳐다보았다. 서기는 그의 격렬한 어조에도 흥분하지 않았다. 책상 옆에 얌전하고 조용히, 눈치를 잘 살피며 서 있었다.

"크로스비 씨는 베통 고무원의 8분의 1의 주(株)와 세란탄 강 고무원의 6분의 1의 주를 소유하고 있습니다. 크로스비 씨의 부동산을 저당잡고 돈을 차용해 줄 친구를 저는 알고 있습니다."

"치셍, 자넨 교제가 넓군그래."

"네, 선생님."

"글쎄 빌어먹을 소리 작작하라고 그자들에게 좀 일러 주게. 재판상의 아무런 문젯거리도 되지 않는 그 쪽지에 대해서는 5천 달러 이상은 단 한푼도 더 낼 수 없다고 난 크로스비 씨에게 진언하겠네."

"선생님, 중국 여자는 그 편지를 팔고 싶어하는 것이 아닙니다. 제 친구놈이 그 여자를 설득하는 데 많은 시간이 걸렸습니다. 말씀드린 금액보다 덜 내신다면 소용 없습니다."

조이스 씨는, 최소한 3분 간은 옹치셍의 얼굴을 쳐다보았다. 서기는 태연히 탐색하려는 듯한 그의 눈초리를 받아넘겼다. 눈을 아래로 내리깔고 경건한 태도로 서 있었다. 조이스 씨는 이 사나이를 잘 알고 있었다.

'치셍은 약은 놈이야, 얼마나 구전을 얻어먹을 작정일까?' 하고 그는 속으로 생각해 봤다.

"1만 달러는 큰돈일걸."

"선생님, 크로스비 씨는 부인의 교수형을 보느니보다는 차라리 그 돈을 치르실 것이 확실합니다."

또다시 조이스 씨는 입을 다물었다. 내 의중(意中)을

치셍이란 놈이 얼마나 잘 알고 있는 것일까? 흥정을 그렇게 딱 잘라 거절하니 자기 입장에 상당한 자신이 있는 모양이다. 이 일을 배후에서 조종하고 있는 놈이 누구인지 몰라도, 1만 달러란 크로스비가 마련할 수 있는 최대의 금액이란 것을 잘 알기 때문에, 그만한 금액을 정한 것이다.

"지금 중국 여잔 어디 있나?" 하고 조이스 씨가 물었다.

"선생님, 제 친구 집에 있습니다."

"이곳으로 올 수 있을까?"

"선생님, 제 생각으로는 선생님께서 그리로 가시는 편이 좋을 것 같습니다. 오늘 밤, 제가 선생님을 그 집으로 모시고 갈 수 있습니다. 그러면 그 여자가 그 쪽지를 선생님께 드릴 겁니다. 선생님, 그 여잔 아주 무식쟁이여서 수표는 모른답니다."

"나도 수표로 줄 생각은 아냐. 지전으로 가져가겠네."

"선생님, 1만 달러 이하를 가져가신다면 귀중한 시간의 낭비밖에 안 될 겁니다."

"잘 알았네."

"선생님, 점심을 먹고 친구놈에게 가서 말해 놓겠습니다."

"좋아, 오늘 밤 10시, 클럽 밖에서 나와 만나 줬으면 좋겠는데."

"네, 분부대로 하죠" 하고 옹치셍은 말했다.

그는 조이스 씨에게 가볍게 목례를 하고 방을 나가 버렸다. 조이스 씨 또한 점심 식사차 밖으로 나갔다. 클럽으로 가보니, 예기한 바와 같이 거기에 라버트 크로스비가 있었다. 그는 손님들이 꽉 찬 식탁에 앉아 있었다. 조이스 씨는 앉을 자리를 찾으며 그의 옆을 지나갈 때, 그의 어깨를 꾹 찔렀다.

"나가시기 전에 한두 마디 여쭙고 싶습니다" 하고 그는 말했다.

"좋습니다. 선생 좋으신 때를 알려 주십시오."

조이스 씨는 어떤 식으로 그와 부딪쳐 나가야 할 것인가에 대하여 결심한 바 있었다. 클럽이 텅 비는 시간을 기다리기 위하여, 식사 후 브리지의 3회 승부를 했다. 이 심상치 않은 용건에 대해서, 그는 자기 사무실에서 크로스비와 만나고 싶지 않았던 것이다. 곧 크로스비 클럽 카드 룸으로 가, 게임이 끝날 때까지 구경을 하고 있었다. 사람들이 제각기 자기 용건으로 나가 버렸으므로 방에는 단둘이만 남게 되었다.

"좀 재수 없는 일이 생겼어요, 선생" 하고 조이스 씨는 될 수 있는 대로, 대수롭지 않은 체하려는 말투로 시작했다. "하몬드가 피살되던 날 밤에 부인께서 그를 방갈로로 초청한 쪽지가 나왔어요."

"그러나 아무리 그럴 수가……" 하고 크로스비는 큰
소리를 질렀다. "하몬드와는 아무런 연락도 없었다고
집사람이 늘 말했는데요. 내가 알고 있는 바에 의하면
두 달 동안은 그자와 만난 일이 없는데."

"편지가 있다는 것은 엄연한 사실입니다. 하몬드와
동거하던 중국 여자가 가지고 있답니다. 부인께서는 선
생의 생신 선물을 할 작정으로 그 물건을 사달라는 의
논을 하기 위하여 그자를 부른 것이었습니다. 그 비극
적 사건 후, 감정적인 흥분 속에 잠겨 있었기 때문에
그 일을 깜박 잊었던거예요. 그리고 일단 하몬드와의
관계를 부인한 이상 다시 아니라고 말하기가 무서웠을
겁니다. 물론 아주 불행한 일이기는 하지만 부자연스러
운 일은 아니라고 저는 장담할 수 있습니다."

크로스비는 아무 말이 없었다. 그 크고 붉은 얼굴에
는 완전히 당황하는 기색이 떠올랐다. 그 눈치 없는 표
정을 보니 조이스 씨는 화가 나는 동시에 또 안심이 되
었다. 참 둔한 사람이다. 그리고 조이스 씨는 우둔한 사
람을 보면 화가 나서 못 견디는 성격이었다. 그러나 이
대이변 이래, 그 사나이의 고민하는 모습은 변호사의
심금을 울려 왔던 것이다. 그러므로 크로스비 부인이
자기의 구원을 요청할 때, '제 자신을 위해서가 아니고

남편을 위해서입니다'라고 한 것은 정통을 찌른 말이었다.

"그 쪽지가 검사의 수중에 들어가면 지극히 난처해질 것이라는 것은 말씀드릴 필요도 없겠지요. 부인께선 거짓말을 한 것이니까. 그 거짓말을 설명하라는 요구가 나올 겁니다. 불청객으로 하몬드가 댁에 침입한 것이 아니고 초청을 받고 온 것이라면 사정은 좀 달라지지요. 배석판사단에서 의심을 일으킬 것은 뻔한 일입니다."

조이스 씨는 주저했다. 그는 지금 자기의 마음을 결정해야 하는 순간에 와 있는 것이다. 농담을 늘어놓고 있는 때라면, '지금 나는 존망(存亡)의 중대한 첫걸음을 내디디려 하고 있는 거야. 더구나 그 첫걸음은, 나의 그러한 중대 위기를 티끌만큼도 몰라 주는 그 사람을 위하여 내디디려는 거야' 하고 미소를 띠며 궁리해 볼 수도 있을 것이다. 그러나 그 사람이 조이스 씨의 중대 문제에 대하여 생각하는 바가 있다 하더라고 아마 조이스 씨가 지금 하고 있는 모험은, 변호사들이 누구나 다 보통 직업적으로 하고 있는 흔한 일에 불과하다고 생각할 것이리라.

"라버트 씨, 선생은 나의 변호 의뢰인일 뿐 아니라 나의 친구가 아닙니까. 우리는 그 쪽지를 입수해야 한다

고 생각합니다. 그런데 막대한 돈이 필요합니다. 그렇
지 않으면 난 그 이야기는 꺼내기도 싫습니다."

"얼마나 드나요?"

"1만 달러가 있어야 해요."

"지독히 비싸군요. 그렇게 되면, 불경기와 그밖의 일
이 엎치고 덮치어 난 알몸만 남게 되겠는데요."

"즉시 마련할 수 있습니까?"

"되겠지요. 차리 미도우스 영감이라면, 내가 관계하
고 있는 두 군데의 고무원 주와 주석 주를 잡고 현금을
빌려 주겠지요."

"그럼, 해보시겠습니까?"

"꼭 필요합니까?"

"부인의 무죄 석방을 원하신다면."

크로스비의 안색이 새빨개졌다. 입마저 이상하게 일
그러졌다.

"허나……" 적당한 말이 생각나지 않았다. 이제 얼굴
을 연둣빛으로 변했다. "허나 알 수 없는 노릇이야. 우
리 집사람은 까닭을 설명할 수 있겠지. 설마 유죄판결
이 날 것이라는 말씀은 아니겠지요? 유해한 해충을 제
거했다고 해서 설마 사형을 하는 법은 없겠지요."

"물론 사형이야 안 하겠지요. 살인죄라는 죄명을 받
게 될 뿐이죠. 아마 2,3년 복역하면 나오게 될 겁니다."

크로스비는 갑자기 일어섰다. 그 붉은 얼굴이 공포로 말미암아 미친 사람 같아 보였다.

"3년이라고."

이때 비로소 그의 둔한 머릿 속에도 어떤 사실이 떠오른 모양이었다. 갑자기 번갯불이 스쳐 간 밤중처럼 그의 마음은 어두워졌다. 번개가 스쳐 간 밤은 여전히 캄캄했지만 그 속에서 무엇을 봤다기보다도 잠깐 눈에 띄었다고 할 수 있는 어떤 기억이 남아 있었던 것이다. 가지가지의 낯선 일에 혹사(酷使)해 온 그의 크고 거친 딱딱하고 붉은 손이 떨리는 것을 조이스 씨는 보았다.

"집사람이 내게 주겠다는 선물은 뭐랍디까?"

"새로운 총 한 자루래요."

또 한 번 그 크고 붉은 얼굴이 더욱더 붉어졌다.

"언제까지 그 돈을 마련하면 되나요?"

"오늘 밤 10시까지입니다. 6시까지는 제 사무실로 갖다 주시면 좋겠는데."

"그 여자가 선생께로 옵니까?"

"아뇨, 제가 그리로 갑니다."

"그럼 내가 가지고 가죠, 같이 가십시다."

조이스 씨는 그를 날카로이 바라보았다.

"그러실 필요가 뭐 있습니까? 그 일은 제게 일임하시는 게 좋다고 생각되는데요."

"그건 내 돈 아닙니까, 내가 가겠어요."

조이스 씨는 어깨를 으쓱 치켜 올렸다. 그들은 일어서며 악수를 교환하였다. 조이스 씨는 그를 이상한 표정으로 바라보았다.

10시에 그들은 텅 빈 클럽에서 만났다.

"일은 잘 됐습니까?" 하고 조이스 씨는 물었다.

"네, 돈은 주머니에 있습니다."

"그럼 가십시다."

그들은 층계를 내려갔다. 조이스 씨의 차가, 밤 늦은 조용한 광장에서 그들을 기다리고 있었다. 차 있는 데까지 오자 옹치셍이 어떤 집 그늘에서 튀어나왔다. 그는 운전수 옆에 앉아서 방향을 일러 주었다. 그들은 호텔, 구라파를 지나 '사공의 집' 모퉁이를 돌아, 빅토리아 거리로 나왔다. 이곳 중국인 상점은 아직도 문을 열고 있었고 할 일 없는 사람들이 서성거리고 있었다. 그리고 길에는 인력거, 자동차, 마차가 오고 가고 하여, 거리의 광경은 분주하였다. 갑자기 그들의 차가 멈추더니 치셍이 뒤를 돌아다보았다.

"선생님, 여기서부터는 걸어가시는 편이 좋을 것 같습니다" 하고 그는 말했다.

일행이 차에서 내리자 그가 앞서 인도했다. 두 사람은 한두 발짝 뒤떨어져서 그를 따라가니 잠시 후, "다

왔습니다" 하고 말하는 소리가 들렸다.

"선생님, 여기서 기다리십시오. 제가 먼저 들어가서 친구에게 말하고 오겠습니다."

그는 거리로 면한 어떤 가게로 들어갔다. 카운터 뒤에는 서너너덧 명의 중국인이 서 있었다. 그 가게는, 겉으로는 아무것도 없는 것처럼 보였으므로, 거기서는 무슨 물건을 팔고 있는 것일까 하고, 이상스럽게 여겨지는 이상야릇한 가게였다. 범포(帆布)양복을 입고 가슴에 굵직한 금줄을 늘어뜨린 건장한 사나이에게 그가 말을 하니, 그자는 밤거리를 흘끗 내다보았다. 치셍은 그자에게서 열쇠를 받고 밖으로 나왔다. 치셍은 기다리고 있는 두 사람에게 손짓을 하고는 가게 옆에 있는 문 안쪽으로 사라져 버렸다. 두 사람은 그의 뒤를 따라 들어가니 층계 밑으로 나왔다.

"잠깐 기다리십시오, 성냥을 켜겠습니다" 하고 그는 말했다. 항상 약빠른 그였다. "어서 이층으로 올라가십쇼."

그는 두 사람 앞에 일제 성냥을 켜들었으나 넓게 어둠을 밝힐 수는 없었다. 그래서 그들은 그의 뒤를 따라 손으로 더듬으며 올라갔다. 이층으로 올라가자 어떤 문을 열쇠로 열고 안으로 들어가더니 가스 램프에 불을 붙였다.

"어서 들어오시오" 하고 그는 말했다.

그것은 들창이 하나 있는 네모나고 자그마한 방이었다. 세간이라곤 이불이 얹혀 있는 나지막한 중국 침대 두 개가 있을 뿐이었다. 방 한 모퉁이에는 공들여 만든 자물쇠가 달린 큼직한 장이 있고 그 장 위에는, 아편 곰방대가 든 헐어빠진 재떨이와 램프가 놓여 있었다. 방 안에는 독한 아편 냄새가 어렴풋이 감돌고 있었다. 두 사람이 앉아 옹치셍이 시거릿을 권했다. 잠시 후 아까 카운터 뒤에 앉아 있던 뚱뚱한 중국인이 문을 열고 들어왔다. 그는 능숙한 영어로 '굿이브닝' 하고 인사를 하고는 자기 동국인(同國人) 옆에 걸터앉았다.

"곧 중국 여자가 올 겁니다" 하고 치셍은 말했다.

가게에서 아이 하나가 찻종과 차 그릇을 담은 쟁반을 가져오자 그 중국인이 그들에게 차를 권했다. 크로스비는 '노, 생큐' 하고 거절했다. 두 중국인은 낮은 목소리로 주거니받거니 지껄여 댔으나 크로스비와 조이스 씨는 침묵을 지켰다. 이윽고 밖에서 사람 소리가 났다. 낮은 소리로 부르는 사람이 있었다. 그러자 그 중국인이 문 있는 쪽으로 갔다. 문을 열고 두어 마디 뭐라고 지껄이더니 중국 여자 한 명을 안으로 안내했다. 조이스 씨는 그 여자를 쳐다보았다. 하몬드가 죽은 후, 그 여자 소문은 많이 들었지만 실물은 처음이었다. 건장한 체격

에 넓적하고 맥없는 얼굴을 가진 여자였으나 그리 젊지
는 않았다. 분을 바르고 연지를 칠하고 눈썹은 가느다
랗게 먹칠을 했으나 그래도 제법 인품 있는 여자라는
인상이었다. 새파란 저고리에 흰 스커트를 입고 있어,
그녀의 복장은 아주 서양식도 아니요 아주 중국식도 아
니었으나, 발에는 자그마한 비단 중국신을 신고 있었
다. 목에는 묵직한 금줄 목걸이, 손에는 금팔찌, 귀에는
금귀고리를 하고 검은 머리에는 공들여 만든 금핀이 꽂
혀 있었다. 그 여자는 자신만만한 태도였으나 약간 무
거운 발걸음으로, 천천히 들어와 옹치셍 옆 침대에 걸
터앉았다. 치셍이 그 여자를 보고 뭐라고 하니 고개를
끄덕끄덕하며, 흥미 없다는 눈초리로 두 사람의 백인을
바라보았다.

"저 여자가 그 쪽지를 가지고 있나요?" 하고 조이스
씨가 물었다.

"네, 선생님."

크로스비는 아무 말 없이, 5백 달러짜리 지폐 뭉치를
꺼냈다. 그리고 스무 장을 세어서 치셍에게 주었다.

"맞나 보시오."

서기는 돈을 세어서 뚱뚱한 중국인에게 넘겨 주었다.

"선생님, 꼭 맞습니다."

그 중국인은 다시 한 번 세더니 호주머니 속에 처넣

었다. 그자가 또 뭐라고 중국 여자에게 말하니 그 여자는 가슴에서 쪽지 편지를 꺼내, 그것을 바라보고 있는 치셍에게 주었다.

"선생님, 이것이 바로 그 문서입니다" 하고 말한 다음 조이스 씨에게 주려 했다. 이때 크로스비가 그것을 빼앗아 들었다.

"어디 좀 봅시다" 하고 그는 말했다.

그가 읽고 있는 것을 보고 있던 조이스 씨는 손을 내밀어 그것을 잡으려 했다.

"제가 보관하는 게 좋을 겁니다."

크로스비는 차근차근히 그것을 접어서 주머니에 집어넣었다.

"천만에, 내가 보관하지요. 비싼 돈을 먹은 것이니까."

조이스 씨는 아무 대꾸도 하지 않았다. 세 중국인은 이 왔다갔다하는 작은 쪽지를 보고 있었으나 그들이 그것을 어떻게 생각하고 있는 것인지, 또는 아무 생각도 갖고 있지 않는 것인지, 그들의 무표정한 얼굴을 보고서는 분간할 길이 없었다. 조이스 씨는 벌떡 일어났다.

"선생님, 오늘 밤 제게 또 용무가 계신지요?" 하고 옹치셍이 말했다.

"없네." 서기 녀석이 약속의 한 몫을 얻기 위하여 뒤에 남기를 원하고 있다는 것을 그는 잘 알고 있었다. 그리고 크로스비를 향하여 "좋습니까?" 하고 말했다.

크로스비는 아무 대답 없이 일어섰다. 그 중국인이 문 있는 데로 가서 그들에게 문을 열어 주었다. 치셍은 자그마한 초를 찾아다 층계를 내려가는 두 사람을 비춰 주고는 둘(중국인) 다 그들을 따라 거리로 나왔다. 그들은 침대 위에 조용히 앉아서 담배를 피우고 있는 중국 여자를 남겨 두고 나온 것이었다. 두 사람이 거리로 나오자, 중국인은 또다시 이층으로 올라갔다.

"그 쪽지를 어떡하실 셈입니까?" 하고 조이스 씨가 물었다.

"모셔 두겠소."

차가 기다리고 있는 곳까지 걸어오자, 조이스 씨는 친구에게 먼저 탈 것을 권했다.

"난 걸어가겠소" 하며 크로스비는 약간 주저주저하며 다리를 지척지척 끌었다. "하몬드가 죽던 날 내가 싱가포르에 간 목적의 또 하나는, 신품의 총을 팔겠다는 사람이 있는 것을 알고 그 총을 사러 갔던 것입니다. 그럼 또 봅시다."

그는 재빨리 어둠 속으로 자취를 감추었다.

재판에 관한 조이스 씨의 추측은 완전히 들어맞았다. 배석판사들은 크로스비 부인의 무죄 석방을 한 사람도 빠짐없이 마음에 정하고 법정에 임했던 것이다. 부인은 자기 자신에게 유리한 증언을 했다. 간단 솔직한 진술이었다. 검사는 마음씨 상냥한 사람이며 분명, 자기의 직책을 그리 좋아하지 않는 모양이었다. 그는 형식적으로 꼭 필요한 심문만을 했다. 그의 논고는 사실을 말하자면 변론이었는지도 모른다. 그래서 배석판사들은 채 5분도 안 걸려서 세인의 비위에 맞는 판결을 해버렸다. 이때 법정을 꽉 메우고 있는 방청객들의 박수갈채를 막을 도리는 없었던 것이다. 재판장이 크로스비 부인에게 축하를 보냈다. 부인은 자유의 몸이 된 것이다.

하몬드의 행위에 대하여, 조이스 씨 부인보다도 더 격렬한 비난을 퍼부은 사람은 없었다. 그녀는 친구에 대하여 지극한 여자인 데다가 다른 모든 사람과 똑같이 재판의 결과에 대해서는 매우 낙관하고 있었던 터라, 그들 내외가 위로 여행을 떠날 준비를 갖출 수 있게 될 때까지, 재판이 끝나는 대로 자기 집에 머물러 달라고 한결같이 청하는 것이었다. 가엾은 레스리, 친애하는 그녀, 용감하기는 하지만—그 무시무시한 큰 사건이 벌어졌던 방갈로로 그 여자가 돌아간다는 것은 안 될 말이라는 것이었다. 12시 반에 재판을 끝내고 조이스 씨 댁으로 가보니 대 오찬이 기다리고 있었다. 칵테일, 말레이시아 전 주(州)를 통하여 평판이 자자한 조이스 씨 부인의 '백만 달러 칵테일'을 준비해 놓고, 부인은 레스리의 건강을 위하여 축배를 들었다. 부인은 본시 말 잘하고 쾌활한 여자였는데 지금 최고 기분을 내는 것이었다. 나머지 세 사람이 다 말이 없었으므로 부인이 기분을 내서 떠들어댄 것은 다행이었다. 남편은 본시 말이 뜬 사람이었고 나머지 두 사람은 오랫동안 시달림을 받아왔던 까닭에, 자연 기진맥진했으리라고 생각되었으므로 그들의 침묵을 별로 이상하다고 생각지 않았다. 점심 식사 동안, 부인은 명랑하고 흥겨운 독백을 계속하였다. 이때 커피가 나왔다.

"자아, 여러분" 하고 부인은 즐겁고 수선스러운 태도로 말했다. "휴식이 필요합니다. 차를 마시고 나서 바닷가로 드라이브 나가죠."

조이스 씨는 예외인 경우에 한해서 집에서 점심을 먹었으므로 물론 사무실로 돌아가지 않으면 안 되었다.

"부인, 죄송합니다만 그럴 시간이 없습니다" 하고 크로스비는 말했다. "즉시 농장으로 돌아가야겠습니다."

"오늘은 안 되잖습니까?" 하고 부인은 큰 소리를 냈다.

"아뇨, 지금 가야 합니다. 너무 오래 비워 둬서요. 그리고 또 급한 일도 있고요. 하지만 저희들이 앞으로의 계획을 결정할 때까지 레스리를 좀 맡아 주셨으면 대단히 감사하겠습니다."

조이스 씨 부인은 그를 설득하려 했으나 남편이 막았다.

"꼭 가셔야 한다면 가셔야 하는 것이지, 그저 그뿐이야."

변호사의 목소리인데다가, 부인으로 하여금 남편의 얼굴을 흘끗 쳐다보게 할 만큼 예사롭지 않은 무엇이 있었다. 부인이 입을 다물었으므로 잠시 침묵이 흘렀다. 이때 크로스비가 다시 입을 열었다.

"지금 즉시 떠날 것을 허락해 주신다면 날이 저물기 전에 저쪽에 들어갈 수 있습니다" 하며 그는 식탁에서 일어났다. "레스리, 날 바래 주겠지?"

"물론이죠."

부부는 함께 식당을 나갔다.

"지금 가버리다니 생각 없는 분이군요" 하고 조이스 씨 부인은 말했다. "오늘 같은 때에는 레스리가 남편과 함께 있고 싶어한다는 것쯤은 알 텐데요."

"꼭 필요한 일 아니면 안 갔을 거야."

"그럼, 전 레스리의 방 준비가 다 됐나 가보겠어요. 완전 휴식은 물론 기분 전환이라도 필요하니까요."

조이스 씨 부인이 방을 나가자 조이스 씨는 다시 자리에 앉았다. 잠시 후, 크로스비가 오토바이의 엔진을

거는 소리가 들려오더니 앞뜰 자갈길을 달리는 소리가
시끄럽게 들려왔다. 조이스 씨는 일어나서 응접실로 갔
다. 그 방 한가운데에는, 허공을 노려보며 크로스비 부
인이 앉아 있었다. 손에는 쪽지 편지 한 장을 들고 있
었다. 조이스 씨는 그것이 무엇인지 알 수 있었다. 조이
스 씨가 방 안에 들어서자, 그녀는 그를 흘끗 보았다.
그 여자의 안색이 송장과 같이 새하얘지는 것을 그는
보았다.

"그이는 알고 있어요" 하고 그 여자는 속삭이듯이 말
했다.

조이스 씨는 그녀에게로 가, 그 쪽지를 받아들었다.
성냥불을 그어 그 쪽지에 불을 붙였다. 여자는 그 쪽지
가 타버리는 것을 유심히 바라보았다. 손으로 잡은 데
까지 불길이 닥쳐오자, 조이스 씨는 그것을 타일이 깔
린 방바닥에 떨어뜨렸다. 그들은 둘 다 그 쪽지가 오그
라들고 시커매지는 것을 바라보고 있었다. 이때 그는
발로 그것을 밟아 재를 만들어 버렸다.

"뭘 알고 있단 말입니까?"

그녀는 그를 한참 동안 노려보고 있더니 눈 속에 이
상한 기색이 떠올랐다. 멸시의 빛일까? 실망의 빛일까?
조이스 씨는 분간할 수 없었다.

"조프레이가 제 정부(情夫)였다는 것을 말이에요."

조이스 씨는 어떤 말도 동작도 할 수 없었다.

"조프레이는 수년 전부터 제 애인이었어요. 그가 전쟁에서 돌아온 직후부터 애인이 되었답니다. 남의 눈을 피해야 한다는 것을 저희는 알고 있었지요. 그래서 저희가 사랑하는 사이가 되자, 저는 그에게 흥미를 잃은 것처럼 행동했습니다. 그러므로 라버트가 집에 있을 때에는 그는 거의 안 오다시피 했던 것입니다. 저는 저희둘 다 알고 있는 장소까지 차를 몰고 가, 그곳에서 일주일에 두서너 번씩 밀회했습니다. 그리고 라버트가 싱가포르에 가면 으레 하인들이 자러 간 후, 밤늦게 그를 방갈로로 불러들이곤 했지요. 저희들은 이렇게 한결같이 밀회해 왔습니다만 아무도 티끌만큼의 의심도 하는 사람이 없었습니다. 그러던 중 약 1년 전부터 그의 마음이 변하기 시작했습니다. 저는 그 까닭을 몰랐던 것입니다. 저는 그가 제게 무관심하다는 것을 도저히 믿을 수 없었습니다. 그는 언제나 그런 것이 아니라고 부정 할 뿐이었습니다. 저는 미칠 지경이었지요. 그와 한바탕 싸웠답니다. 어느 때는 그가 날 싫어하는 것이 아닐까 하는 생각이 들기도 했습니다. 아아, 그 얼마나 지독한 괴로움을 견디어 왔던지요! 저는 지옥의 괴로움을 겪어 왔습니다. 그가 이제는 저를 원하지 않는다는 것을 알게 되었답니다. 그래서 저는 그를 놓치고 싶지 않았습니다. 가련하고 가련한 신세였지요! 저는 그이를 사랑했어요. 모든 것을 그이에게 바쳤지요. 그이는 제 온갖 생명이었습니다. 그런데 그 후, 그가 어떤 중국 여자와 살고 있다는 소문을 들었지요. 그래도 저는 믿어지지 않았습니다. 믿고 싶지도 않았어요. 마침내 그년을 봤어요. 금팔찌를 끼고 목걸이를 한, 뚱뚱하고 나이가 들어 보이는 그 중국 년을 이 두 눈으로 똑똑히 봤지요. 그년은 저보다도 나이가 더 들어 보였어요. 무서운 노릇이었습니다! 그년이 조프레이의 계집이라는 것은 캄퐁에서는 모두들 다 알고 있었습니다. 제가 그년 앞을 지나칠 때 그년이 저를 보더군요. 그래서 제가 조프레이의 정부라는 것을 그년도 알고 있다는 것을 알았지요. 그래서 저는 그에게 사람을 보냈어요. 꼭 만나야겠다고. 선생님도 그 편지는 보셨지요. 그런 편지를 쓸 만큼 저는 미쳐 있었습니다. 제가 하는 짓을 분간 못할 지경이었습니다. 무서울 게 없었습니다. 열흘 동안이나 그이를 못 만났으니까요. 인생이 다 끝난 것 같았습니다. 저희가 마지막으로 헤어질 때 그는 저를 가슴에 껴안고 키스해 주며, 염려 말라고 일러 주었지요. 그리곤 그는 제 팔 속에서 곧장 그년의 팔 속으로 기어들어갔어요."

그 여자는 나지막한 음성이었으나 불을 뿜는 듯이 말

하다가 여기서 말을 멈추고 두 손을 비틀었다.

"빌어먹을 놈의 편지 같으니, 서로 늘 그렇게 조심조심했건만 그이는 제 편지를 다 읽고 나서는 언제나 찢어 버렸어요. 그러니 그 쪽지 하나만 남겨 두었다는 것을 어떻게 제가 알 수 있었겠습니까? 그이가 (제 편지를 받고) 왔기에 그 중국 여자 얘기를 했더니 펄쩍 뛰더군요. 중상 모략에 불과하다는 것이에요. 여기서 저는 돌아 버렸어요. 제가 그에게 뭐라고 퍼붓고 있었는지 전 도무지 정신이 없었어요. 저는 당장에 그가 미워졌어요. 그의 사지를 갈기갈기 찢어 죽일 듯이 물어뜯었지요. 가지각색의 욕설도 퍼부었습니다. 모욕적인 언사도 썼습니다. 상판때기에 침이라도 뱉고 싶었습니다. 마침내 그가 제게 대항해 왔습니다. 제가 싫증이 나고 아무 흥미도 없고, 두 번 다시 보기도 싫다는 거예요. 제가 지루해 죽겠다는 것이었어요. 그러면서 중국 여자의 소문이 사실이라는 것을 인정했어요. 전쟁 전부터 수년 간 그년과 사귀어 왔으며 그년만이 자기에게 귀중한 존재이며 나머지는 심심풀이 노리개 감이라는 거예요. 그리고, 제가 사실을 알게 되어서 기쁘며 이제 비로소 자기를 놔줄 것이라고 하더군요. 여기서부터 제게 무슨 일이 일어났는지 정신이 없어졌습니다. 완전히 돌아 버렸어요. 눈앞이 시뻘개졌어요. 권총을 잡고 쏘았지요. 그가 비명을 질렀으므로 명중한 것을 저는 알았어요. 그는 비틀거리며 베란다로 뛰어 나갔습니다. 전 그를 뒤쫓아가 또 권총을 쏘았지요. 그는 쓰러져 버렸습니다. 그 후 저는 쓰러진 그에게 덤벼들어, 쏘고 또 쏘고 권총에서 딸각딸각하는 소리가 날 때까지 쏘았습니다. 비로소 저는 탄약이 다 없어진 것을 알았습니다."

여기서 그 여자는 허덕이며 말을 끊었다. 그녀의 얼굴은 이젠 사람의 얼굴이 아니었다. 잔인성과 분노와 고통으로 말미암아 일그러진 괴물의 얼굴이었다. 이같이 조용하고 세련된 여자가 그러한 귀신 같은 격정을 나타낼 수 있으리라고는 아무도 생각지 못했을 것이다. 조이스 씨는 한 걸음 뒷걸음질쳤다. 그녀의 모습을 보고 완전히 어안이 벙벙해진 것이었다. 그것은 사람의 얼굴이 아니고 영문도 모를 말을 중얼거리는 무서운 가면이었다. 이때 다른 방에서 부르는 소리가 들려왔다. 낭랑하고 정답고 즐거운 목소리―그것은 조이스 씨 부인의 음성이었다.

"레스리, 어서 와요. 당신 방 준비가 다 됐어요. 한잠 푹 자야 해요."

크로스비 부인의 안색이 점차 원래대로 가라앉았다. 너무나도 뚜렷이 새겨졌던 그 분노는 마치 구겨진 종이쪽지를 손으로 펴듯이, 사라져 버리고 금세 조용하고 부드럽고 주름살 없는 얼굴로 변했다. 약간 창백한 얼굴이었으나 입술에는 즐겁고 정다운 미소가 흘러나왔다. 그녀는 또다시, 가정교육을 잘 받고 출중한 여성이라고까지 말할 수 있는 그 천성을 회복한 것이다.

"곧 가겠어요. 도로시. 너무나 수고를 끼쳐서 미안해요."

점심과 여인

찍힌 자국

내가 그녀를 만난 곳은 극장—그녀는 손짓을 하여 나를 불렀다. 나는 막간을 이용하여 그녀 곁으로 가 앉았다. 우리가 작별한 것은 너무나 오래 전 일이어서, 누가 그녀의 이름을 알려 주지 않았더라면 몰라봤을 지경이었다. 그녀는 내게 명쾌한 인사를 던졌다.

"아, 우리가 처음 만났던 때 이후 벌써 몇 해가 됐나요. 세월이란 정말 빨라! 이젠 우리도 피차 늙어가는군요. 우리가 맨 처음 만나던 시절을 기억하고 계세요? 그때 선생께서 제게 점심을 내셨지요?"

기억하고말고.

그것은 20년 전 내가 파리에 살고 있던 때 일이었다. 나는 공동묘지가 내려다보이는 라틴 구(區) 어느 조그마한 아파트에 들어 있었으며 수입도 겨우 입에 풀칠을 할 정도밖에 되지 않았다. 그녀는 내 책을 읽고 감상을 적어 보냈으며 이에 대하여 내가 고맙다는 뜻의 답장을 냈던 것이었다. 그 후 곧 그녀에게서 또 편지가 왔는데 사연인즉, 파리를 통과하게 됐는데 나와 만나 이야기하고 싶다는 것, 그러나 시간의 제약을 받고 있으므로 다음 목요일밖에 잠시나마 틈이 없으며 그 날 아침은 룩셈부르크에 볼일이 있으니 볼일이 끝난 다음 포욧에서 점심이나 한턱 내지 않겠느냐는 것이었다. 포욧이란 프랑스 상원위원들의 단골 식당으로 나 같은 주제엔 당치도 않은 곳이었으므로 애당초 나는 그런 곳은 드나들 생각조차 해본 일이 없었다. 그러나 나는 승낙해 버리고 말았다. 나는 아직 젊었으므로 여자의 부탁을 거절할 만한 배짱이 없었기 때문이었다(나이를 먹고 구렁이가 다 돼서 여자와의 약속쯤은 무시할 정도의 나이가 되기까지에는, 아무도 그런 배짱을 갖지 못하리라는 것을 나는 첨언해 두고 싶다). 수중에 돈이라고는 앞으로 한 달 동안 먹고 살 80프랑뿐이었다. 보통 점심 같으면 15프랑 이내로 충분하다. 내가 앞으로 두 주일 동안 커피를 끊는다면 그럭저럭 연명은 해나갈 수 있으리라.

결국 나는 다음과 같은 답신을 냈다. 목요일 2시 포엿에서 뵙고자 합니다. 그녀는 내가 상상했던 것 같은 젊은 여인은 아니었다. 매력적이라기보다는 오히려 위풍당당한 모습이라고 할 수 있는 타입이었다. 그녀가 40대의 여자라는 것은 사실이었다(여자 40이면 무르익고 매력적인 나이였으나 첫눈에 대뜸 미칠 듯한 정열을 끓어오르게 하는 그런 나이는 아니다). 새하얗고 큼직하고 고른 그녀의 이(齒)를 보니 상당히 입이 높은 여인일 것이라는 인상이 들었다. 그녀는 말이 많은 편이었다. 내게 관한 이야기를 하고 싶어하는 눈치였으므로 나는 그녀의 말에 열심히 귀를 기울이는 방청자의 역할을 하기로 했던 것이다.

메뉴를 보고 나는 깜짝 놀랐다. 예상했던 것보다 엄청나게 값이 비쌌기 때문이었다. 그러나 나는 그녀의 이야기를 듣고 안도의 한숨을 내쉬었다.

"전 점심땐 아무것도 먹지 않아요."

"뭐 그러실 것 없잖습니까?" 하고 나는 점잖게 대꾸했다.

"전 한 가지밖에 안 먹어요. 요즘 사람들은 너무 많이 먹어서 탈이지요. 생선 약간쯤이 아마 좋을 거예요. 연어가 있을는지요."

과연 연어는 아직 계절이 일렀으므로 메뉴에도 나와 있지 않았다. 그러나 나는 웨이터에게 연어 요리가 되느냐고 물었더니 '네, 아름다운 연어가 방금 들어왔습니다' 라는 대답이었다. 금년 들어 첫 연어가 들어온 모양이었다. 나는 나의 손님을 위하여 그 생선을 주문했다. 게다가 웨이터가 연어 생선요리가 나올 때까지 뭘 들지 않으시겠느냐고 그녀에게 묻는 것이었다.

"별로" 하고 그녀는 대꾸했다.

"난 한 가지 이상은 안 먹으니까. 하지만 알젓이 있다면…… 알젓 같으면 괜찮아요."

나의 가슴이 약간 뜨끔해졌다. 내겐 알젓을 살 여유가 없다는 것을 나는 잘 알고 있었다. 그러나 정말이지 그녀에게 그런 말을 할 수는 없는 처지였다. 나는 호주

머니를 털 각오를 하고, 알젓을 가져오라고 웨이터에게
일렀다. 그리고 내 자신은 메뉴에 나타난 것 중에서 가
장 값싼 요리를 선택했다. 그것은 양고기 편육이었다.

"선생님께서 고기를 주문하시다니 현명치 못하시군
요" 하고 그녀는 말했다. "편육같이 소화가 잘 안 되는
음식을 잡수시고 난 다음에 어떻게 창작을 하실 수 있
으실지 모르겠군요. 전 제 위를 혹사한다는 것에 대해
선 찬성할 수 없어요."

그 다음은 술 이야기가 나왔다.

"전 점심땐 술을 전혀 안 합니다" 하고 그녀는 말했
다.

"저도 그런데요" 하고 나는 냉큼 대꾸해 버렸다.

"하지만 백포도주는 예외지요." 그녀는 내 말은 들은
체도 안 하고 말을 계속하는 것이었다. "프랑스 백포도
주는 참 가벼운 맛이 있어요. 음식을 소화시키는 데 그
만이거든요."

"그럼 뭘 드실까요?" 하고 나는 물었다. 이때까지만
해도 나는 여전히 손님을 후대하는 마음으로 말했던 것
이다. 정직하게 말해서 마음 내키는 일은 아니었지만.

그녀는 그 새하얀 이를 내놓고 웃으며 명쾌하고도 다
정한 눈초리를 던졌다.

"의사 선생께서 샴페인 이외에는 아무것도 마시지 말

라고 금하셨어요."

여기서 내 얼굴이 약간 질렸을 것이라고 나는 생각한
다. 나는 샴페인 한 병을 주문했다. 그리고 나야말로 의
사 선생으로부터 절대 샴페인을 마시지 말라는 금지를
당하고 있는 몸이라고 거짓말을 했다.

"그럼 선생께선 뭘 드시나요?"

"물."

그녀는 알젓을 먹고 연어를 먹곤 했다. 그리고 자못
즐거운 듯이 예술과 문학과 음악을 논하는 것이었다.
그러나 나는 요리값이 얼마나 나올 것인가 하는 것이
걱정되어 죽을 지경이었다. 내 양고기 편육이 나오자
그녀는 아주 심각한 표정으로 나를 나무랐다.

"선생께서 점심에 그렇게 무거운 음식을 잡수시는 습
관을 가지고 계시단 것은 옳지 못하신 일입니다. 선생
께서도 제 본을 받으셔서 일품 요리를 드시면 어떠실까
요? 훨씬 기분이 좋으실 거예요."

"그럼 저도 아무쪼록 일품 요릴 먹도록 하겠습니다"
하고 나는 웨이터가 메뉴를 가지고 다시 나타났을 때
말했다.

그녀는 익살맞게 손짓을 하며 웨이터에게 물러가도록
이르는 것이었다.

"필요 없어요. 난 점심땐 아무것도 안 먹는 사람이니

까. 한 입 이외에는 말야. 난 그 이상 절대 필요 없어요. 그것도 이야길 주고받고 하는 데 심심풀이로 먹는 거예요. 큰 아스파라거스가 있다면 몰라도 그밖엔 정말 아무것도 안 먹어요. 아스파라거스 하나 못 먹고 파리를 떠나간다는 것은 섭섭한 일이 아닐 수 없으니까."

나는 가슴이 덜컥 내려앉았다. 나는 아스파라거스란 것을 식당에서 눈으로만 보았을 뿐, 무섭게 비싼 놈이란 것 이외엔 아무것도 몰랐다. 내가 그놈을 보고 헛되게 군침만 흘리던 것이 그 몇 번이었던가.

"여봐, 부인께선 큰 아스파라거스가 있느냐는 말씀이야, 이봐."

나는 웨이터에게 화를 냈다.

나는 웨이터가 '없습니다.' 하고 말해 주기를 애타게 바라고 있었다. 즐거운 미소가 웨이터의 넓적하고 목사님같이 인자한 얼굴에 떠올랐다. 이윽고 그놈은,

"깜짝 놀라실 만큼 크고 맛있는 것이 있습니다" 하고 대답하는 것이었다.

"전 조금도 배 고프진 않습니다" 하고 나의 손님은 힘없이 말했다. "그러나 선생님께서 꼭 주문하신다면 몇 개쯤 먹을 용의는 없지도 않습니다."

나는 아스파라거스를 주문하고 말았다.

"선생님은 좀 안 드시겠어요?"

"아뇨, 전 아스파라거슨 안 먹습니다."

"세상엔 아스파라거스를 안 좋아하시는 분도 계시다니? 선생님은 고기만 잡수셔서 입맛을 망치신 때문이겠죠."

우리는 그놈의 아스파라거스가 나올 때까지 기다렸다. 나는 겁이 났다. 이제는 그 달 생활비로 얼마의 돈을 남겨 두느냐의 문제가 아니었다. 수중의 돈 전부를 털어도 과연 이 요리값이 될 것이냐 하는 것이 문제였다. 10프랑쯤 모자라는 경우엔 염치불구하고 나의 손님에게서 빌리는 수밖에 없으리라. 그러나 그렇겐 못 할 노릇이다. 나는 내 전 재산이 얼마라는 것을 잘 알고 있었다. 만약 요리값이 초과되면, 호주머니 속에 손을 처넣는 순간 극적인 비명을 올려, '도둑 맞았어!' 하고 외치리라. 그러나 그녀 역시 충분한 돈을 가지고 있지 않은 경우엔 일은 물론 난처하게 되리라. 그땐 시계라도 끌러 놓고 나중에 계산을 하러 오겠다고 말하는 수밖에 없겠지.

아스파라거스가 나왔다. 큼직하고 국물이 홍건하게 괴어 있고 침이 꿀떡꿀떡 넘어가는 것이었다. 무르녹은 버터의 냄새가 나의 콧구멍을 자극했다. 기특한 유태인들이 불에 구운 현물을 바쳤을 때 여호와의 콧구멍을 자극했던 것처럼. 염치도 없는 그 여인이 크고도 요염

한 그 입 가득히 아스파라거스를 처넣고 삼키는 꼴을 바라보며 여전히 나는 정중한 태도로, 발칸 제국의 연극 현황에 대하여 역설하고 있었던 것이다. 이윽고 그녀는 그 아스파라거스를 다 때려잡았다.

"커피는?" 하고 나는 물었다.

"네, 아이스크림과 커피 조금만" 하고 그녀는 대답하였다.

이제 나는 기가 막혀서 죽을 지경이었다. 나는 커피와 아이스크림을 시켰다.

"이거 보세요. 제가 마음 깊이 확신하고 있는 것이 있어요" 하고 그녀는 아이스크림을 먹으며 말했다. "사람은 항상 조금만 더 먹었으면 하는 식욕에서 초월해야 한다는 것입니다."

"아, 아직도 시장하신가요?" 하고 나는 맥이 말했다.

"아, 아뇨, 전 시장하지 않아요. 전 점심 안 먹는 사람이란 걸 아시면서. 전 아침에 커피 한 잔을 하고 저녁까지 아무것도 안 먹는답니다. 점심을 먹는다고 해도 일품 요리 이상은 절대 먹지 않아요. 선생에게도 제 식사 방법을 권하고 싶습니다."

"네, 고맙나이다!"

정말 사건이 벌어진 것은 여기서부터였다. 우리가 커피를 기다리고 있을 때 웨이터 대장 놈이 그 거짓에 찬 얼굴에 간드러진 미소를 띠며 큰 광주리 가득히 복숭아를 들고 나왔다. 복숭아는 순진한 처녀처럼 빨갰다. 이탈리아의 풍경화쯤에서 흔히 볼 수 있는 그런 풍요한 색깔을 지니고 있는 복숭아였다. 그러나 확실히 지금은 복숭아 때가 아니었다. 그 값은 하느님만이 아실 것이었다. 그러나 곧 나에게도 그 값은 알려지고 말았던 것이다. 나는 그녀의 이야기를 듣고 있다가 얼빠진 듯이 복숭아 하나를 집어 그녀에게 내주었던 것이다.

"이거 보세요, 선생께선 고기를 잔뜩 잡수셨으니까."

사실 나는 겨우 한 조각밖에 못 먹었다.

"이젠 더 못 잡수실 거예요. 하지만 전 도시락 정도로 했으니까 복숭아를 좀 먹어야겠어요."

계산이 나왔다. 값을 치르고 나니 팁 값도 못 되는 돈이 겨우 남았다는 것을 나는 알았다. 내가 웨이터에게 3프랑을 들려 줄 때 그녀의 눈이 그것을 바라보는 것을 나는 알았다. 그녀는 나를 노랭이라고 생각했으리라. 그러나 내가 식당 문을 열고 나서는 순간 내 앞에는 한 달 30일이 기다리고 있었다. 호주머니엔 동전 한 닢도 없는 신세였다.

"제 본을 받으세요" 하고 그녀는 악수를 하며 말했다 "점심땐 일품 요리 이상은 잡수시지 마시구요."

"예, 말씀하신 것 이상으로 잘하렵니다." 하고 나는

대답했다.

"오늘 저녁부터 아무것도 안 먹을 테니까요."

"어마, 농담도 잘하시네!" 하고 그녀는 택시 안으로 뛰어들어가며 명쾌한 음성으로 외쳤다. "멋들어지게 농담 잘하시는 분!"

그러나 결국 나는 복수를 한 셈이 된다. 내가 복수심이 강한 사람이라고는 믿어지지 않으나 영원하신 하느님께서 굽어 살피신다면, 내가 만족감을 가지고 이 결과를 보는 것을 용서해 주실 것이다. 그녀는 지금 290파운드(약 130킬로그램)가 넘는 뚱뚱보가 되어 버렸으니 말이다.

환애(幻愛)

충북대(오)

선장은 바지 호주머니에 가까스로 손을 처넣더니 큼 직한 은시계를 끄집어 냈다. 바지 호주머니가, 옆구리 아닌 앞쪽에 달려 있었고 게다가 본시 비대한 사람이었 으므로 동작에 힘이 들었다. 그는 시계를 보고 그 다음 에는 또 한 번, 저물어 가는 태양을 바라보았다. 타륜 (舵輪)을 잡고 있던 카나카인은 선장에게 흘끗 시선을 돌렸을 뿐 아무 말도 하지 않았다. 접근해 가고 있는 섬 위에 선장의 눈이 멈추었다. 한 줄기 흰 물거품이 암초의 존재를 명시(明示)해 준다. 선장은, 이 배가 족 히 통과할 수 있는 큰 구멍이 있음을 잘 알고 있었던지 라, 조금만 더 접근해 가면 그 구멍이 보일 것이라고 짐작하고 있었다. 일몰까지는 아직도 한 시간의 여유가 있다. 러군(산호섬 안의 호수)은 물이 깊기 때문에 안 심하고 닻을 내릴 수 있다. 아까 야자수 사이로 마을 하나가 보였는데 그 마을의 추장은 이때 운전사의 친구 였으므로 밤새 상륙한다면 재미날 것이다. 때마침 그 운전사가 이리로 왔다. 선장이 그에게로 시선을 돌렸 다.

"술 한 병 가지고 올라가서 색시와 춤이나 추세" 하고 선장이 말했다.

"구멍이 안 보입니다" 하고 운전사가 말했다.

그는 미남에 안색이 까무잡잡하고 체격은 건장한 편

이며, 후기 로마 황제의 모습을 연상케 하는 카나카인 이었다. 그러나 얼굴은 멋지고 말쑥했다.

"절대 틀림없네. 바로 여기쯤에 있을 걸세" 하고 선장은 망원경을 들여다보며 말했다.

"왜 안 보일까? 이상한걸. 누구든 돛대에 올려서 좀 찾아내라고 그러게."

운전사는 선원 한 명을 불러서 선장이 말한대로 명령을 했다. 선장은 카나카인이 올라가는 것을 쳐다보며 말 떨어지기만 기다렸다. 그러나 카나카인은 물거품의 줄이 계속된 것 이외에는 아무것도 안 보인다고 외쳤다. 선장은 토인처럼 유창한 사모아어로 마구 욕설을 퍼부었다.

"그냥 보고 있으라고 그럴까요?" 하고 운전사가 물었다.

"빌어먹을! 제깐놈이 하긴 뭘 해?" 하고 선장이 대답했다. "저 바보새끼가 보긴 뭘 보느냐 말이다. 내가 올라가면 장담코 단번에 찾아내련만."

선장은 가느다란 돛대를 쳐다보며 화를 냈다. 돛대에 올라간다는 것은, 어렸을 때부터 야자수를 오르내리던 토인이나 할 일이지 비대하고 육중한 그에게는 어림도 없는 일이었다.

"내려와" 하고 그는 외쳤다.

"개새끼만도 못한 놈 같으니. 구멍을 찾을 때까지 암초를 끼고 도는 수밖에 없다."

이것은 파라핀 보조기관(輔助機關)이 달린 70톤급의 스쿠너 선이었는데 역풍이 없을 때는 시속 4 내지 5노트로 달렸다. 구지레한 배였다. 오래 전에 흰 페인트칠을 한 사실은 있지만 이제는 더럽고 그을고 얼룩이 져 있었다. 파라핀과 늘 싣고 다니는 커플러의 냄새가 지독히 코를 찔렀다. 배는 지금 암초까지 거리 5백 피트 이내에 있었으므로 선장은 그 입구를 찾을 때까지 암초를 끼고 돌라고 운전사에게 명령한 것이었다. 2마일을 지났을 때 그 입구를 놓쳤다는 것을 운전사는 알았다. 운전사는 뱃머리를 돌려 다시 천천히 되돌아가 봤다. 암초의 흰 물거품이 연달아 계속되고 있다. 이제는 해도 저물어 가는 판이다. 선원들의 미련함에 대하여 한바탕 욕설을 퍼붓고, 선장은 내일 아침까지 기다리는 수밖에 없다고 단념하고 있었다.

"뱃머릴 돌려" 하고 선장은 말했다. "여기서 닻을 내릴 순 없으니까."

약간 바다로 나오자 때마침 날이 캄캄하게 저물었다. 닻을 내렸다. 돛을 말아 올리니 배가 크게 좌우로 흔들렸다. 저놈의 배는 언제고 뒤집히고 말 거라고, 에이피아에서는 모두들 말했다. 그래서 가장 큰 상점의 하나를 경영하는 독일계 미국인 선주(船主)는, 아무리 돈이 썩어도 그 따위 배에 출자할 수는 없다고 말했었다. 아주 더럽고 누덕누덕 기운 흰 바지에, 얇은 흰색 군복 저고리 같은 것을 입은 중국인 쿡이 와서, 저녁 식사가 다 되었다고 말했다. 선장이 선실로 들어가 보니 기관사가 벌써 밥상을 받고 있었다. 기관사는 황새 목에 말라빠지고 키가 커다란 사나이였다. 푸른색 작업복 바지에, 손목에서 팔꿈치까지 먹실을 넣은 앙상한 팔뚝이 내다보이는, 소매 없는 털셔츠를 입고 있었다.

"빌어먹을! 오늘 밤은 배에서 자는 수밖에 없군" 하고 선장이 말했다.

기관사가 아무 대꾸도 하지 않았으므로 그들은 묵묵히 저녁밥을 먹었다. 선실에는 희미한 석유 등잔이 켜 있었다. 맨 마지막으로 나오는 통에 든 살구를 먹고 있을 때 아까의 그 중국인 쿡이 차를 가지고 왔다. 선장은 담배에 불을 붙여 물고 위 갑판으로 올라갔다. 이제는 섬이 밤 속에 한층 더 시커먼 덩어리로 보였다. 하늘엔 별들이 총총했다. 들려오는 단 한 가지 소리라고는, 쉴새없이 밀려왔다가는 또다시 밀려가는 파도 소리뿐이었다. 선장은 갑판 의자에 주저앉아 심심풀이로 담배를 피우고 있었다. 이때 선원 네댓 명이 올라와 갑판 의자에 걸터앉았다. 그들의 하나는 밴조(둥근 가죽의

공명통을 가진 현악기)를, 다른 하나는 컨서티너(손풍
금의 일종)를 들고 있었다. 그들이 밴조와 컨서티너를
반주하니 또 한 놈이 노래를 부르는 것이다. 이들 악기
에서 흘러나오는 토인의 노래가 묘하게 귀를 울렸다.
이때 두 놈이 그 노래에 맞춰 춤을 추기 시작했다. 몸
을 비꼬고 손발을 재빨리 움직이는 템포가 빠른 야만적
이고 원시적인 춤이었다. 육체적이며 관능적이라고까지
할 수 있는 춤, 그러나 정열 없는 성욕의 춤이었다. 지
극히 동물적이고 노골적이며 신비성 없는 신비적, 간단
히 말해서 감정 그대로의 말하자면 어린애 같다고도 할
수 있는 춤이었다. 마침내 놈들도 피로를 느꼈는지 갑
판에 네 활개를 뻗치고 잠이 들어 버렸다. 세상이 다
고요해졌다. 선장은 가까스로 몸을 의자에서 일으키고
갑판 승강구로 기어내려갔다. 자기 선실로 들어가자 옷
을 훌훌 벗어제치고 침대로 올라가 누워 버렸다. 밤 더
위 때문에 약간 숨이 가빴다.

  그러나 이튿날 아침, 잔잔한 바다 위에 첫 햇살이 스
며들자, 전날 밤 그들이 놓쳐 버린 암초의 입구가 현
위치 약간 동쪽에 나타났다. 스쿠너는 러군으로 들어갔
다. 바다 수면에는 잔물결 하나 일지 않았다. 수심 깊숙
이 산호 바위들 사이를, 아름다운 색깔의 고기들이 헤
엄쳐 가는 것이 보였다. 선장은 배를 정박시켜 놓고는

아침 식사를 하고 갑판으로 올라갔다. 구름 한 점 없는 하늘에서 햇볕이 비쳐 나왔으나 이른 아침이어서 공기가 싸늘하고 상쾌했다. 일요일이다. 고요한 마음, 천지가 잠들어 있는 것 같은 침묵, 이 모든 것들이 그에게 각별한 위안을 느끼게 해주었다. 나무가 우거진 해안을 바라보며 앉아 있으니 졸릴 정도로 마음의 평안을 느꼈다. 이때 그의 입술엔 어렴풋이 미소가 떠올랐다. 담배 꽁초를 호수에 내던지며, "상륙이다" 하고 외쳤다. "보트를 내라."

그는 거북스럽게 사다리를 내려가더니 보트를 타고 어느 아담한 소만(小滿)까지 저어 갔다. 야자수가 바닷물가까지 무성해 있다. 대열을 지어 있는 것은 아니지만 질서정연한 간격을 두고 서 있는 것이다. 나이는 먹었지만 방정맞은 노처녀의 발레를 보는 것 같았다. 지난날의 즐거웠던 아름다움을 잃지 않고 교태를 부리며 서 있는 것이다.

그는 꼬부랑길을 따라 야자수 사이를 산책하다가 마침내 어떤 널따란 개울 있는 곳으로 나왔다. 개울에는 다리가 하나 있는데 그것은 야자수 통나무를 하나씩 열두어 개쯤 길게 잇고 그 이은 자리는, 강 속에 처박은 갈라진 야자수 가지로 지탱시킨 것이었다. 미끌미끌하고 둥글고 좁고, 게다가 손잡이 하나 없는 통나무 위를 걸어가야 했다. 이러한 다리를 건너자면 자신 있는 발걸음과 심장이 필요했다. 선장은 주저주저했다. 그러나 개울 건너편에는 나무들 사이에 자리잡고 있는 백인의 집 한 채가 보였다. 선장은 결심을 하고 천천히 그 다리를 건너기 시작했다. 조심조심 발을 내려다보았지만 통나무와 통나무를 이은 자리는 서로 높이에 차이가 나 있었으므로, 약간 비틀거렸다. 마지막 통나무를 건너 저쪽 편 땅 위에 발을 디뎠을 때엔 안도의 한숨이 절로 났다. 다리 건너기에 열중했으므로 자기를 보고 있는 사람이 있으리라고는 꿈에도 생각지 못했다. 그래서 사람의 소리를 듣자 기절초풍을 했다.

"익숙지 않으면, 이런 다리 건너기란 약간 힘이 드는 법이오."

그가 쳐다보니 앞에 사나이가 서 있었다. 분명 아까 보이던 그 집에서 나온 사람이다.

"노형이 주저주저하는 걸 난 봤소이다" 하고 사나이는 입술에 미소를 지으며 말을 이었다. "그리고 떨어지는 꼴을 보려고 기다리고 있었소이다."

"노형 생명엔 관계 없소이다" 하고 선장은 말했다. 여기서 그는 자신을 도로 찾았다.

"난 전에 벌어진 일이 있어서. 사냥 갔다가 돌아오던 저녁 일이었소. 총이고 뭐고 다 떨어뜨려 버렸소이다.

이제는 총 가지고 다니는 아이를 데리고 다니지만."

사나이는 이미 청춘의 고비를 넘은 사람이었다. 턱에
는 희뜩희뜩한 짧은 수염이 나 있고 얼굴은 얇상했다.
팔 없는 내의에 황마 바지를 입고 있었다. 발은 양말도
구두도 없는 맨발이었다. 약간 악센트를 붙여서 영어로
말했다.

"노형이 네일슨 씨이십니까?" 하고 선장은 물었다.

"네, 그렇소이다."

"말씀은 들었습니다. 이 근방에 살고 계실 것이라고
생각했지요."

선장은 이 영감을 따라 조그마한 방갈로로 들어가 영
감이 가리키는 의자에 그 육중한 몸을 앉혔다. 네일슨
이 위스키와 술잔을 가지러 간 동안 방 안을 한 바퀴
돌아보고 그는 깜짝 놀랐다. 책이 산더미같이 쌓여 있
는 것이었다. 방바닥에서 천장까지 사방 벽을 둘러싸고
있는 책꽂이에는 책이 빈틈 없이 꽂혀 있었다. 악보가
흩어져 있는 그랜드 피아노와, 책과 잡지가 난잡하게
놓여 있는 큰 식탁 하나가 있었다. 머리가 얼떨떨해지
는 방이었다.

네일슨은 대단한 괴짜라고 했던 마을 사람들의 말이
머리에 떠올랐다. 영감은 오래 전부터 이 섬에 살고 있
었으나 영감을 잘 아는 이는 없었다. 그러나 영감을 아

는 이는 누구나가 똑같이 영감을 괴짜 취급했다. 영감은 스웨덴 출신이었다.

"산더미만큼 책을 가지고 계시군요" 하고 영감이 돌아오자 선장은 말했다.

"책이란 무해(無害)한 물건이니까" 하고 네일슨 씨는 미소를 띠며 말했다.

"모두 다 읽으셨나요?" 하고 선장이 물었다.

"대개 다."

"나도 약간 독서에 취미가 있어서요. 〈새터데이 이브닝 포스트〉를 정기적으로 받고 있지요."

네일슨은 손님에게 독한 위스키 한 잔을 부어 준 다음 담배를 내주었다. 선장은 묻지도 않는 말에 대답을 했다.

"어젯밤 도착했지만 입구를 못 찾아서 밖에다 닻을 내렸지요. 난 이곳은 초행이어서요. 그러나 부하들이 이곳에 물건을 가져오겠다고 해서……그런데 그레이란 사람을 아십니까?"

"네, 여기서 좀 떨어진 곳에 상점을 차리고 있는 사람 말이지요?"

"그는 많은 통조림을 주문했죠. 우리에게 그가 주문한 통조림 종류가 많이 있고 그는 우리가 필요로 하는 커플러를 가지고 있어서요. 에이피아에서 빈들빈들 놀

리고 있는 것보다는 이곳에 보내는 편이 좋다는 것이
회사측의 생각이었어요. 그래서 저는 주로 에이피아와
파고파고 간을 왕복하고 있습니다. 그러나 에이피아에
서는 지금 천연두가 유행하고 있어 옴쭉달싹 못 하고
있는 판입니다."

선장은 자기 위스키 잔을 들이켜고 담배에 불을 붙였
다. 본시 말이 뜬 사람이었으나 네일슨을 보면 어딘지
질리는 점이 있었다. 그래서 자연히 말이 많아졌다.

이 스웨덴인은 약간 재미있다는 기색이 감도는 크고
검은 눈으로 그를 바라보고 있었다.

"참 아담한 집입니다."

"있는 힘을 다 들여서 만들어 놨소이다."

"나무도 여간 잘 가꾸지 않으면 안 되셨겠는데요. 참
훌륭합니다. 지금 커플러 값이 최고니까요. 저도 한 번
재배를 해본 경험이 있습니다. 우포루에서 말입니다.
그러나 팔아먹고 말았어요."

선장은 또 한 번 방 안을 휘 돌아보았다. 까닭 모를
이상한 기분과 적의(敵意)에 가까운 감정이 느껴졌다.

"그러나 이런 곳에서는 약간 적적하실 것이라고 생각
됩니다" 하고 선장은 말했다.

"이젠 버릇이 됐소이다. 25년이나 되니까."

이제는 그 이상 화젯거리도 생각나지 않고 하여 묵묵

히 담배만 피우고 있었다. 네일슨 역시 침묵을 깨뜨릴
의사가 없음이 분명했다. 명상하는 듯한 눈으로 손님을
바라보고 있었다. 선장은 6척이 넘는 장신에 체격이 건
장한 사람이었다. 붉은 얼굴은 부스럼투성이였으며 두
뺨에는 자색 모세관이 나타나 보였다. 그리고 눈코는
그 피둥피둥한 살결 속에 가라앉아 있는 형상이었다.
두 눈은 벌겋게 충혈돼 있었다. 그리고 목은 살찐 고깃
덩이 속에 파묻혀 있는 것 같았다. 머리 뒤통수에 백발
에 가까운 긴 고수머리가 돌려 있지 않았더라면 완전
공산명월(空山明月)이 될 뻔하였다. 반짝반짝하는 그의
앞이마는 겉모양으로나마 총명함을 나타내 주는 것이
보통이련만, 선장은 정반대로 유난히도 바보 같은 인상
을 드러내 주었다.

　노타이식 플란넬 셔츠를 입고 있어 붉은 무더기 털이
나 있는 살찐 가슴이 내다보였다. 그리고 아랫도리에는
낡은 사지바지를 입고 있었다. 그는 육중한 몸집을 꼬
락서니 사납게 의자 속에 파묻었다. 그의 산더미 만한
배를 앞으로 처뜨리고 살찐 다리를 내뻗고 있었다. 모
든 탄력성이 그의 사지에서 없어진 모양이었다.

　젊었을 때에는 어떤 꼴을 하고 있었을까 하고 네일슨
은 심심풀이로 생각해 보았다. 이 거대한 체구의 사람
에게도 뛰어다니고 하던 소년 시절이 있었다는 것은 상

상하기 불가능에 가까운 일이었다. 선장이 위스키 잔을 비워 놓자 네일슨은 그 술잔을 선장에게로 밀어 주었다.

"자작으로 하시지."

선장은 몸을 굽혀 그 큰 손으로 술잔을 잡았다.

"하여간 어떻게 이런 곳에 오시게 되었나요?" 하고 선장이 물었다.

"내 건강 때문에 이 섬으로 왔소이다. 폐가 나빠서 1년도 더 못 살겠다는 것이었소. 그러나 보시다시피 그 자들의 판단은 틀렸소이다."

"제 말씀은요, 왜 하필 바로 이곳에다가 자리를 잡으셨느냐 말씀입니다."

"내가 센티멘털리스트인 탓이겠소이다."

"넷!"

네일슨은 선장이 자기 말을 못 알아들었다는 것을 알았다. 그래서 그의 검은 눈을 빈정대는 듯이 끔벅거리며 선장을 바라보았다. 아마도 선장의 몸집이 너무나도 뚱뚱하고 너무나도 우둔한 위인이라는 것 때문에 오히려 더 이야기하고 싶은 마음의 변화를 일으키게 했는지도 몰랐다.

"노형이 다리를 건널 땐 몸의 균형을 유지하기에 너무 바빠서 못 봤을 것이오만 이 고장은 대체로 경치가 아름다운 편이지요."

"선생님 댁은 참 아담합니다."

"내가 맨 처음 이 고장에 왔을 땐 이 집은 여기 없었소. 붉은 꽃이 피어 있는 한 그루의 큰 나무 그늘 속에, 꿀벌의 지붕 같은 기둥이 많은 토인의 오막집 한 채가 있었소이다. 그리고 노랗고 빨갛고 황금빛 나는 잎사귀가 달린 옻나무 숲이 집을 둘러싼 자연의 알쏭달쏭한 울타리를 이루고 있었지요. 그 당시엔 주위 일대가 모두 야자수투성이였습니다. 여자처럼 공상적이고 허식적인 그 야자수 말이외다. 해변까지 야자수가 무성해 있어서 그 물그림자를 보며 하루 종일을 보냈소이다. 나도 당시에는 젊었지요. 아아, 25년 전 일이외다. 그래서 어둠 속에 파묻히기 전에 나에게 할당된 짧은 시간에 이 세상 온갖 사랑스러움을 다 즐기겠다는 의욕을 나는 갖고 있었소. 이곳이야말로 내 생전에 처음 보는 절경이라고 나는 생각했지요. 첫눈에 마음에 들어 감동의 눈물이 쏟아질 지경이었소. 스물다섯을 넘지 않은 나이였으니 말이외다. 될 수 있는 대로 좋은 얼굴을 하고 있었지만 마음속으로는 죽기가 원통했소. 어떻게 된 까닭이었는지 모르되, 이 고장의 절경이 나로 하여금 내 운명을 감수할 심경을 가져다 준 것이었소. 이곳에 오자 나의 과거가 송두리째 떨어져 나간 것 같은 느낌

을 가졌소이다. 스톡홀름과 그곳 대학 생활, 그리고 그
후의 본에서의 생활, 이 모두가 다른 사람의 생활이었
던 것처럼 여겨졌소. 그리고 우리의 철학 박사님들—아
시다시피 나도 그 중의 한 사람이지만—이 열렬히 토론
하던 그 리얼리티에 이제 비로소 도달한 것 같은 느낌
이었소. '1년' 하고 난 혼자서 외쳤소이다. '난 1년밖에
못 산다. 난 그 1년을 이 고장에서 보낸다면 죽어도 좋
다.' 스물다섯이라면, 어리석고 감상적이고 신파 연극적
인 나이지요. 만약 그 나이에 그렇지 않는다면 나이 오
십이 돼도 철이 안 날 것이외다. 노형, 자, 어서 잔을
비우시오. 내 이 넌센스에 구애치 마시고."

네일슨이 술병 쪽을 손으로 가리켰다. 그러자 선장은
잔 속에 남아 있던 것을 마저 마셔 버렸다.

"선생께선 도무지 안 드시는군요" 하고 선장은 위스키
병을 잡으며 말했다.

"난 술 안 먹는 습관을 붙였소이다" 하고 이 스웨덴
인은 미소를 띠었다. "난 가지각색의 공상에 취해 버리
는데 그 맛이야말로 술보다 월등히 기막힌 것이지요.
부질없는 일에 지나지 않을지 모르지만. 아무튼 그 효
과란 술보다 오래 가며 뒷맛이 보다 무해한 것이외다."

"미국에는 코카인 중독자가 많다는데요" 하고 선장이
말했다. 네일슨은 낄낄 웃어댔다.

"그러나 이렇게 백인끼리 만나기란 드문 일이니까" 하고 그는 말을 계속했다. "한 번쯤 위스키 좀 마시기로서니 별로 해롭지 않겠지요."

그는 약간의 위스키를 따르고 소다수를 좀 타서 한 모금 마셨다.

"그런데 이 고장이 왜 이렇게도 꿈같이 아름다운지를 나는 곧 알게 되었소. 순식간이기는 했지만 이곳에 사랑이 싹텄던 것이지요. 철새가 대양(大洋) 속에서 배를 만나 잠시 피로한 날개를 쉬듯이 말이외다. 내 집 목장에 피어 있는 5월의 아가위 향기처럼, 아름다운 정열의 향기가 이곳에 감돌고 있었던 것이지요. 사랑이 싹텄던 곳이라든지 무슨 재난이 일어났던 곳에는 항상 근멸하지 않는 어떤 향기가 어렴풋이 감돌고 있는 것같이 여겨졌소. 신비롭게도 곁을 지나가는 사람들에게 영향을 주는, 어떤 영적인 의미를 지니고 있기라도 하는 듯이 말이외다. 내 얘기를 아시겠소이까?" 하고 그는 약간 미소를 띠었다.

"그러나 내가 실망한댔자 영문을 모르실 거외다."

그는 여기서 말을 그쳤다.

"결국 이곳에서 아름다운 사랑의 꽃이 피었기 때문에 이곳이 아름답다고 난 생각하고 있소이다." 여기서 그는 어깨를 으쓱 치켜 올렸다. "젊은 애인의 행복스러운

결합 및 적절한 주위 환경에 아마 내 탐미감(眈美感)이
만족했다는 그것뿐인지도 모르겠소이다."

이 선장보다는 약간 머리가 영리한 사람일지라도 네
일슨의 이야기를 듣고 당황한다는 것은 당연한 일일지
몰랐다. 네일슨은 자기 말에 대하여 어렴풋이 자조(自
嘲)하는 듯한 기색으로 말을 했기 때문이었다. 마치 지
성의 멸시를 받으면서도 열정적으로 말하는 듯했다. 자
기는 감상주의자라고 자처한 일도 있었다. 그런데 감상
주의가 회의주의와 결합할 때 일을 망치는 수가 많은
것이다.

네일슨은 잠시 입을 다물고 갑자기 난처하다는 눈초
리로 선장을 바라보았다.

"여보시오, 어디선지 노형을 본 일이 있다는 생각이
드는군요." 하고 그는 말했다.

"전 기억이 없는데요" 하고 선장이 대꾸를 했다.

"묘하게도 노형의 얼굴이 꼭 낯익은 것같이 여겨지는
군요. 그래서 난 얼마간 어리둥절했소이다. 그러나 언
제 어디서 만났었는지는 기억이 안 나니……."

선장은 산 같은 어깨를 으쓱 치켜 올렸다.

"내가 이 섬에 온 것이 30년 전 일이니까 그같이 오
랜 세월을 두고 만난 사람을 모두 기억한다는 것은 불
가능한 일일 것이외다."

이 스웨덴인은 머리를 설레설레 저었다.

"잘 아시겠지만, 사람은 가끔 한 번도 가본 일 없는 고장에 대해서도 낯익은 생각이 드는 수가 있소이다. 내가 노형을 만난 것 같다고 하는 것도 그 때문일 거요" 하며 그는 묘한 미소를 띠었다. "아마 이 세상에 태어나기 전 저 세상에서 노형을 만났었는지도 모르겠소이다. 아마도 노형은 고대 로마 시대의 노예 선장이며 나는 그 배의 노를 젓던 노예였는지도 모르겠소. 이 고장을 30년 간이나 왕래하셨다고?"

"네, 만 30년 간."

"노형께서 레드라고 불리는 자를 알고 계실지도 모르겠소."

"레드라구요?"

"난 단지 레드라는 이름을 들었을 뿐 그와 사귀어 본 적은 없소이다. 한 번 만나 본 일도 없지만, 여러 해 동안 내가 평소 접촉하는 여러 사람들, 예를 들자면 내 형제들보다도 더 뚜렷이 그의 모습이 떠오른답니다. 그는 파오로 마라테스타나 로미오처럼으로 내 마음속에 뚜렷이 살아 있소. 그건 그렇고 노형께서 단테나 셰익스피어를 읽어 보신 일은 없겠지요?"

"네, 없습니다" 하고 선장은 말했다.

네일슨은 담배를 피워 물고 의자 등에 기대 앉아서

무거운 공기 속에 떠돌고 있는 동그란 담배 연기를 멀거니 바라보고 있었다. 입술엔 미소가 감돌았으나 눈은 엄숙한 표정이었다. 그리고 선장에게로 시선을 돌렸다. 크고 비대한 그의 몸집을 보니 굉장히 징그럽다는 생각이 들었다. 선장은 지독히 육중한 사람 특유의 다혈질적인 자기 만족을 갖고 있었다. 이것이야말로 천부당만부당한 만족이라 하겠다. 그의 이런 태도가 네일슨의 신경을 극도로 날카롭게 하였다. 그러나 지금 눈앞에 앉아 있는 실물의 사나이와 그의 공상 속에 그리고 있는 그 사나이와의 대조는 재미나는 것이었다.

"그 레드란 사나이는 아마 이 세상에서 누구보다도 미남이었던 모양이외다. 그 옛날 그 레드를 알고 있다는 사람들과 꽤 많이 이야기해 봤는데, 물론 백인들이었소만, 모두들 첫눈에 그에게 반해 버렸다는 데 의견이 일치했소이다. 모두들 그를 레드라고 부른 것은 머리털이 새빨갛기 때문이었소. 자연적인 웨이브가 되어 있는 머리를 길게 기르고 있었다는군요. 전라파엘파들이 열광적으로 좋아하던 멋진 색깔이었지요. 그자가 그런 색깔을 미끼로 난 체를 했다고는 생각되지 않소이다. 너무도 순진한 청년이었지요. 물론 그가 그 같은 색깔을 뽐냈다고 해도 당연한 일이겠지만, 그는 키가 훤칠하게 큰 사나이였소. 6피트하고 1,2인치 가량 됐다니까. 이곳에 서 있던 토인 가옥의 한가운데 기둥에는, 그 키를 재고 칼로 표시를 해둔 것이 있었다는군요. 그런데 그는 마치 그리스의 신(神)처럼, 어깨는 넓고 허리는 잘록하고 프랙시데레스에서 받은 그 보드라운 곡선미와, 신비롭고도 재난의 화근을 내포하고 있는 그 상냥하고 여성다운 우아한 맛을 지니고 있는 아폴로 신과도 같았소이다. 그의 살결은 눈부실 정도로 백옥 같았으며 비단처럼 보드라웠으며, 마치 여자의 살결과도 같았다는 것이외다."

"저도 어린애 시절에는 그런 백옥 같은 피부를 가지고 있었습니다" 하고 선장은 그 충혈된 눈을 끔벅거리면서 말했다.

그러나 네일슨은 선장의 말에는 별로 관심이 없었다. 지금 자기가 하고 있는 이야기에 열중하여 있었으므로 자기 말을 중단시킨 것이 안타까웠다.

"그리고 레드의 얼굴 역시 그 살결에 못지 않게 아름다웠소이다. 그 크고 푸르고 또 유난히도 거무스레한 눈, 그러기에 검은 눈동자라고 말하는 사람까지 있는 그런 눈에, 빨간 털을 가진 사람과는 달리, 검은 눈썹에 역시 검고 긴 속눈썹을 가지고 있었소이다. 그의 눈과 코는 완전무결한 균형을 이루고 있고 입은 타는 듯이 새빨간 곡선을 그리고 있었소이다. 나이는 갓 스물."

여기서 이 스웨덴인은 극적인 효과를 노리는 듯 말을 끊고, 위스키를 입에 대었다.

"그자는 유니크한 존재였단 말씀이오. 아무도 그에게 당할 미남은 없었소. 잡초 속에서도 기막히게 아름다운 꽃송이가 필 수 있듯이 그의 아름다움에는 이론(異論)이 없소이다. 말하자면 그는 대자연의 행복된 우연적 산물이라고 할 수 있겠지요.

어느 날 그 청년이, 바로 노형이 오늘 아침 상륙한 그 소만에 상륙했답니다. 그는 미국 수병이었는데 에이피아에 정박중이던 전함(戰艦)으로부터 탈출하여 어떤 마음씨 좋은 토인을 꾀어서, 마침 에이피아에 사포토로 가는 커터 선을 얻어 타고 와서 다시 이곳에 카누로 상륙했던 것이외다. 그자가 뭣 때문에 탈주를 했었는지 나는 모르겠소만 아마 자유 없는 전함 속의 생활에 진절머리가 났던 모양이외다. 아마 사고를 일으켰었는지도 모르며, 이 남해와 로맨틱한 여러 섬들이 골수에 사무치도록 그리웠던 탓인지도 모르겠소. 남해란 곳은 가끔 사람의 마음을 묘하게도 잡는 법이니까.

그래서 그자는 자기 신세가 거미줄에 걸려 있는 파리와 같다는 것을 깨달았던 것이외다. 아마도 그자의 체내에는 보드라운 마음씨가 잠재해 있었는데 이 고장의 푸르른 언덕들과 보드라운 공기와 푸른 바닷물이, 북국

인의 강인성을 그에게서 빼앗아 간 모양이외다. 마치
데릴라가 삼손의 기운을 빼앗아 가듯이. 아무튼 그자가
피신하기를 원했던 것은 사실이며, 자기 군함이 사모아
로 출항할 때까지 이 외딴 구석에 숨어 있으면 안전할
것이라고 그는 생각했던 거요.

이 소만에는 토인의 오막집 한 채가 서 있었는데 그
는 그 앞에 서서, 어느 쪽으로 발을 옮겨 놓을 것인가
하고 궁리하고 있던 차에 나이 어린 처녀 하나가 나와
서 들어오라는 것이었소. 그는 토인어라고는 한마디도
몰랐으며 그 처녀 역시 영어의 영자도 몰랐소이다. 그
러나 그는 그 처녀의 미소와 아름다운 동작의 의미를
너무나도 잘 알고 있었으므로 처녀를 따라 들어갔던 것
이지요. 그가 돗자리 위에 앉자 처녀는 파인애플을 권
했소이다. 나는 레드란 자에 관해선 소문으로만 들었을
뿐이지만, 그 처녀는 그들이 처음 만났다는 3년 후 내
가 만났소이다. 당시 처녀의 나이 열아홉도 될까 말까
했는데 상상도 못 할 절세의 미인이었소.

마치 무궁화 무리같이 정열적이면서도 우아하고 풍부
한 색깔을 지니고 있었으며, 키는 큰 편이고 날씬했으
며, 그 종족 특유의 고운 얼굴과 야자수 그늘 밑에 잔
잔한 호수같이 맑고 큰 눈을 가지고 있었소이다. 그리
고 검고 곱슬곱슬한 머리는 어깨 너머까지 늘어져 있었

으며 그 머리 위에는 향기로운 화환을 얹고 있었소. 손
도 귀여웠으며 유난히도 자그마하고 예뻐서 사람의 간
장을 녹이는 그런 손이었소. 그 당시 처녀는 곧잘 큰
소리로 웃곤 했소이다. 사람을 녹이는 듯한 그 처녀의
미소에는 아무도 오금을 못 쓸 지경이었지요. 처녀의
피부는 마치 여름날의 잘 익은 곡식 논같이 누르스레했
소. 아아, 내 어찌 그 아름다움을 다 형용할 수 있으리
오. 인간이라고 하기에는 너무나 아름다운 여자였소.

　그런데 이들 한 쌍의 처녀 총각은 첫눈에 사랑을 속
삭이게 되었소이다. 처녀가 열여섯, 총각이 갓 스물. 그
들의 사랑은 동정이나 이해 관계나 사상의 일치에서 오
는 것이 아니고, 그야말로 순수하고 단순한 사랑이었
소. 말하자면 아담이 잠을 깼을 때 이브가 에덴 동산에
서 조용한 눈초리로 자기를 바라보고 있는 것을 보고
느낀, 바로 그런 사랑이었지요. 그것은 동물들뿐 아니
라 여러 신령들까지도 서로 끌어 잡아당기게 하는 그런
사랑, 이 세상에 기적을 낳게 하는 사랑, 그리고 인생의
심오한 의미를 주는 그런 사랑이외다.

　빈정대기 잘하는 프랑스의 영리한 공작 각하의 말을
노형은 못 들으셨소? 한 쌍의 애인이 있다면 반드시 사
랑을 바치는 편과 받는 편이 따로 있는 법이오. 쌍방에
서 다 같이 서로 사랑을 바치고 받고 하는 일은 드물다

는 것이지요. 이것은 우리 인간이 지니고 난 운명이라
고 단념해 버리기에는 너무나도 혹독한 사실이외다. 그
러나 가끔 서로 사랑을 바치고 받고 하는 한 쌍의 애인
도 있는 것이니 이것이야말로 저 이스라엘의 조수가 애
인을 위하여 하느님께 기도하던 때에는 하늘의 태양도
그 자리에 멎더라는 이야기를 생각나게 하는 따위라 하
겠소이다.

오랜 세월이 흘러가 버린 지금에도 나는 그 젊고 아
름답고 순결한 그들 한 쌍의 애인과 그들의 사랑 이야
기를 회상할 때면 가슴이 아프오. 구름 한 점 없는 하
늘에 떠 있는 만월(滿月)이 러군을 비치는 밤이면 내
가슴이 찢어지는 듯한데, 마치 그런 날 밤처럼 내 가슴
이 찢어지는 듯하오. 완전무결한 아름다움을 기대하기
란 항상 괴로운 법이지요.

그들은 한 쌍의 어린애였소. 처녀는 착하고 사랑스럽
고 친절했소이다. 총각에 관해서는 아무것도 모르지만
아무튼 난 그를 순하고 솔직한 사나이였다고 생각하고
싶소. 아마 갈대로 피리를 만들고 산골짜기 물에 목욕하
던 태고적 산(山) 사람과 같은 마음씨를 그는 가지고 있
었던 모양이외다. 그런 시절에는 사슴 새끼가 수염 난
반신반마(半身半馬)의 괴물을 타고 습지 사이의 공터를
달리는 광경을 목격할 수 있었을지도 모르겠소. 인간의

정신(마음)이란 말썽 많은 물건이며 그것이 발달할수록 인간은 에덴 동산을 잃어버리고 마는 것이외다.

그런 레드가 이 섬에 상륙했을 때에는 백인들이 이곳 남해로 옮겨 온 전염병의 습격을 최근 겪고 난 후라 주민의 3분의 1이 죽어 버렸소이다. 그 처녀도 일가를 다 잃고 먼 친척집에 기숙하고 있었던 모양인데 그 집에는 허리가 꼬부라지고 주름살 바가지인 두 늙은이와 두 젊은 아낙네 그리고 남자 어른 및 아이 각 한 명이 살고 있었소. 레드는 그 집에 2, 3일 간 유숙하고 있었소만, 그 집이 너무 해안에서 가까워서 백인들에게 들킬 염려가 있다고 생각했음인지, 그렇지 않으면 두 애인이 서로 함께 있을 수 있는 즐거운 시간을 집안 식구들에게 잠시라도 빼앗기는 것을 안타깝게 여겼음인지 어느 날 아침, 그들 한 쌍은 여자 물건 몇 가지만을 가지고 집을 나가 야자수 그늘진, 풀이 무성한 길을 걸어가다가 마침내 아까 노형이 건너온 그 개울에 다다랐소.

그들도 그 다리를 건너지 않으면 안 되었는데 청년이 겁내는 것을 보고 처녀는 즐거운 듯이 깔깔대고 웃었소이다. 처녀는 첫째 번 통나무까지 그의 손을 붙잡고 건넜는데 겁을 먹고 그는 되돌아가 버렸소. 위험 천만한 이 다리를 건너자면 옷을 벗고 건너는 수밖에 없었으므로 처녀는 남자의 옷을 머리에 이고 건넜소이다.

그리고 그들은 이 자리에 서 있던 빈 오막집에 자리를 잡았다오. 그들이 그 집에 대한 권리를 가지고 있었는지 어떤지(이 섬에서는 토지 소유권이 복잡해서) 또는 그 집주인이 전염병으로 죽어 버렸는지 어떤지 하는 것은 난 모르겠소. 그러나 아무튼 아무도 그들에게 시비를 거는 사람은 없었소이다. 그들의 세간이라 봤자 깔고 잘 돗자리 두 개하고 깨진 거울 한 조각 그리고 밥 그릇 한두 개뿐이었소. 이같이 즐거운 고장에서라면 그것만 해도 새 살림을 꾸며 나가는 데 충족했던 것이외다.

행복한 사람들에게는 역사가 없다는 말이 있는데 사실 행복한 연애에는 역사가 없는 것이오. 그들 한 쌍은 온 종일 아무 일도 안 했지만 하루하루가 너무나도 짧은 것처럼 여겨졌소.

처녀에게는 본래 토인의 이름이 있었지만 레드는 셀리라고 불렀소이다. 청년은 곧 처녀의 쉬운 말을 알아듣게 되었으므로 처녀가 즐거운 듯이 재재거리면 그는 몇 시간이고 돗자리에 누워서 듣곤 하였소. 청년은 말이 없었으니 아마 마음이 꿈속에 잠겨 있었던 모양이오.

청년은 처녀가 그 고장 재래의 담배와 판다나스 잎사귀로 만들어 주는 담배를 쉴새없이 피웠소이다. 그리고 익숙한 솜씨로 돗자리를 짜고 있는 처녀를 언제까지나 바라보고 있었소. 가끔 토인들이 찾아와서는, 옛날 종족끼리의 싸움으로 말미암아 이 섬이 소란스러웠다는 긴 이야기 등을 늘어놓곤 했소이다. 어쩌다가 한 번씩 그는 산호섬으로 고기를 잡으러 가서는 한 광주리씩 아름다운 고기를 잡아왔소. 또 때로는 밤에 등을 켜들고 나가 큰 새우를 잡는 적도 있었소. 그들의 오막집 둘레에는 질경이가 있었는데 셀리는 그것을 볶아서 그들의 알뜰한 음식을 만들곤 했소이다. 처녀는 야자수 열매를 가지고 맛있는 음식 만드는 법도 알고 있었고 개울 옆에 서 있는 팽나무에서 열매를 따오기도 했소.

명절날에는 돼지 새끼를 잡아 가지고 굽돌(돌을 불로 달구어 그 위에 고기 등을 놓고 굽는 원시 요리기)에 올려놓고 요리를 만들기도 했소. 개울에서 둘이 목욕도 하고 밤에는 러군에 가서 큰 부량(浮梁)이 달린 독목주를 젓고 쏘다니기도 했다오. 바닷물은 깊고 푸르고 석양에는 마치 호머에 나오는 그리스의 바다인 양, 포도주 빛깔로 보였소이다. 그러나 러군 속에서는 물빛이 가지각색의 변화를 일으켰소. 남옥색, 수정색, 에메랄드빛 등으로. 그리고 석양이 짙어 가면 이들 가지각색의 물빛은 순식간이나마, 투명한 황금으로 변해 버렸소이다.

그리고 또 희고, 붉고, 자줏빛 나고, 분홍빛 나는 산

호의 색깔은 절묘의 것이외다. 러군은 마치 '마술의 뜰 안'과도 같고, 재빨리 헤엄쳐 다니는 고기들은 나비와도 같소이다. 그러므로 매사가 다 이상하고 꿈결 같았소. 산호 사이에는 흰 모래 바닥의 호수가 되어 있는데 물이 눈부실 정도로 맑아, 목욕하기에 좋은 고장이오. 어둠이 짙어 가는 가운데 그들 한 쌍은 마음 상쾌하고 행복에 싸여 부드러운 풀이 우거진 길을 밟아 개울까지 되돌아올 때, 야자수 나무 위에서는 구관조들이 노래를 불렀지요.

그리고 또 밤에는 황금빛으로 수놓은 거대한 하늘이 유럽의 하늘보다도 더 넓게 보입니다. 부드러운 바람이 탁 트인 오막집을 은근히 불어제치고…… 그 긴긴 밤도 그들에게는 너무나 짧았소. 처녀는 열여섯, 총각은 갓 스물 될까 말까. 새벽 첫 햇살이 그 오막집 기둥 사이로 스며들어, 서로 얼싸안고 어린애처럼 귀엽게 잠들어 있는 그들을 엿보았소이다. 그러나 햇살은 그들 한 쌍의 잠을 깨우지 않도록 야자수 나뭇잎 그늘 뒤에 숨었다가 페르시아 고양이가 앞발을 뻗치듯이, 장난꾼 같은 짓궂은 생각으로 황금빛 햇볕을 비추니 그들 한 쌍은 졸린 눈을 뜨고 새 아침을 반기는 듯 미소를 띠었소이다. 한 주가 한 달이 되고 한 달이 1년이 되었지요. 그들은 서로 사랑을 바치고 받고 했던 모양이외다. 그러나 난 열정적이었다는 말을 쓰기를 주저합니다. 그것은 열정이란 언제나 비극의 그림자와 고민 또는 비참의 흔적을 지니고 있는 법이기 때문이오. 그러나 정성껏 순수하고, 그들이 서로 처음 만나던 그 날 성혼(成魂)이 각자의 몸 속에 깃들여 있다고 여겨진 것과 같이 자연 그대로 사랑했소이다.

그들의 사랑을 묻는 자가 있었다면 아마 그들은 자기네들의 사랑이 그친다는 것은 생각할 수 없는 일이라고 대답했을 것이 틀림없소. 사랑의 참 요소란 영원성을 믿는 것이라고는 생각지 않소이까? 그러나 때마침 레드 그 자신도, 그 처녀도 모르는 사이에 권태의 극히 작은 씨가 자라고 있었다오. 어느 날 토인 하나가 소만에서 와서 영국의 고래잡이 선이 해안에서 약간 떨어진 곳에 정박하고 있다고 말했던 것이오. '이거 봐' 하고 그는 처녀에게 말했소이다. '야자수 열매나 바나나 열매를 갖다 주고 담배를 한 두어 파운드 얻어 올 수 있을지 모르겠어.'

셸리가 한결같은 솜씨로 만들어 주는 그 판다나스 담배는 맛도 있고 또 상당히 독하기는 했지만 역시 그에게는 불만족했던 것이외다. 그래서 갑자기 그는 혀를 찌르는 듯 독하고 냄새가 지독한 진짜 담배가 그리워진 것이오. 여러 달 동안 파이프 담배는 맛도 못 본 참이었소. 진짜 담배 생각을 하니 입 안에 군침이 감돌 지경이었소이다. 만약에 셸리에게 불길한 예감이 들었더라면 그를 만류했을지도 모른다고 생각하겠지만 그 여자의 사랑은 너무나도 철썩같아서 이 세상의 어느 힘도 자기와 그를 떼어 놓을 수 있으리라고는 추호도 생각되지 않았던 것이외다. 그들 한 쌍은 뒷동산에 올라가서, 아직 푸르퉁하기는 하지만 그래도 맛있고 물이 많은 신 오렌지를 큰 광주리 하나에 주워 모은 다음 그 오막집 주위에서 바나나 열매를 줍고, 또 야자수 열매와 빵 열매와 망고를 주워서 소만까지 운반하여 불안정해 보이는 독목주에 실었던 것이외다. 그리고 레드와 기선의 정보를 제공해 준 그 소년은 산호섬 밖으로 독목주를 저어 나갔소이다.

그런데 처녀에게는 이것이 마지막 작별이었지요.

이튿날 그 소년만이 혼자서 되돌아온 것입니다. 그 애는 울면서 자초지종을 이야기했소. 그들은 한참 만에 그 기선까지 도달하자 레드가 큰 소리로 외쳤더니 백인이 내려다보고 올라오라고 했다는 것이오. 그들은 그들이 가지고 간 열매를 갑판까지 운반했다고 합디다. 레드는 그 열매를 갑판에 쌓아 놓고 백인과 흥정을 하더니 무슨 합의가 성립되었는지, 선원 하나가 아래로 내려가더니 담배를 가지고 왔다는 것이오. 레드는 즉석에

서 그 담배 얼마를 집어 불을 붙였다는 군요. 소년은
레드가 통쾌한 듯이 담배 연기를 뿜던 모습을 흉내냈소
이다.

그 다음, 선원들과 레드는 뭐라고 이야기를 주고받고
하더니 레드가 선실로 들어갔다는 것이오. 수상한 생각
이 들어 문 열린 데로 들여다보니 무슨 병 하나와 컵
몇 개를 가져오는 것이 보였다는 거요. 레드는 그것을
마시고 담배를 피우고 있었소이다. 선원들이 레드에게
뭐라고 묻는 것 같았는데 레드는 머리를 설레설레 저으
며 낄낄 웃었소. 그러더니 뭐라고 말하던 그 사나이가
따라 웃으며 레드에게 또 한 잔을 따라 주더라는 것이
오. 그들은 떠들고 마시고 했지만 소년에게는 조금도
흥미가 없는 광경인지라 곧 지루함을 느껴, 갑판 위에
몸을 웅크리고 잠이 들어 버렸소.

누가 발길로 차는 바람에 눈을 뜨고 벌떡 일어서 보
니 배가 천천히 러군 밖으로 미끄러져 나가고 있었소이
다. 레드가 무거운 듯이 팔을 베고 식탁 앞에 앉아서
곯아떨어져 있는 것이 소년의 눈에 띄었으므로 그에게
로 달려가 깨울 작정이었으나 선원 한 놈이 거친 손으
로 그애 팔을 잡고 무서운 얼굴을 한 놈 하나가, 알아
들을 수 없는 말을 외치며 뱃전 쪽을 가리켰다는구려.
레드에게 큰 소릴 질렀으나 그 순간 선원에게 잡혀 물

속으로 내동댕이쳐졌으므로 하는 수 없이, 좀 떨어진 곳에 표류하고 있던 독목주까지 헤엄쳐 와서는 가까운 산호섬 기슭까지 그 배를 밀고 가서 거기서 그 독목주를 타고 울며 되돌아왔다는 이야기였소이다.

사건의 진상인즉 충분히 분명하외다. 병 때문인지 탈주자가 있는 때문인지는 모르되 아무튼 손이 부족한 그 고래잡이 배의 선장이, 갑판에 올라온 레드를 보고 선원이 되라고 권했으나 거절을 당하자 술을 먹여서 유인한 것이 분명하외다.

셸리는 슬픔에 미칠 듯했소이다. 사흘 간 울며불며 지냈지요. 토인들은 온갖 짓을 다해서 처녀를 위로해 봤으나 아무 소용도 없었소이다. 먹지도 않고 슬퍼만 했지요. 마침내 기진맥진 실신 상태에 빠진 처녀는 혹시나 님이 돌아오지나 않을까 하는 부질 없는 소망을 품고 러군을 바라보며 소만에서 오랜 세월을 보냈답니다. 처녀는 낮에는 하염없이 흘러내리는 눈물을 훔치지도 않고 몇 시간씩 백사장에 앉아 있다가 밤이 되면 무거운 몸을 이끌고 다시 그들의 행복의 보금자리였던 그 오막집으로 돌아오곤 했소이다.

처녀가 레드를 만나기 전에 함께 살던 식구들이 다시 와 함께 살기를 바랐으나 처녀는 마음이 내키지 않았소. 처녀는 님이 돌아올 것을 확신했으며 그러므로 옛 행복의 보금자리에서 님을 다시 만나고 싶었던 것이외다. 넉 달 후 그 여자는 아이를 사산했소. 그래서 해산을 도우러 온 노파와 함께 그 오막집에서 살게 되었던 것이오. 모든 기쁨이 그 여자의 생활에서 사라진 것 같았소이다. 그 여자의 고민이 시간이 갈수록 덜어져 갔다면, 그것은 아마 차디찬 멜랑콜리로 대치되었기 때문일 것이외다.

제아무리 격렬했던 사랑일지라도 무상함이 인정이거늘, 한 여성이 그렇게도 꾸준한 정열—일편단심—을 지속할 수 있으리라고는 아무도 상상치 못했을 것이오. 조만간에 레드가 돌아올 것이라는 심오한 신념을 그 여자가 저버린 적은 없었소이다. 그 여자는 님을 고대하며 이 가느다란 야자수 나무다리를 건너는 사람이 있을 때마다 '혹시나 그이가 아닐까' 하고 바라보았소."

네일슨은 여기서 말을 멈추고 가볍게 한숨을 내쉬었다.

"그래서 결국 그 여잔 어찌 되었단 말입니까?"

하고 선장이 물었다. 네일슨은 쓸쓸한 미소를 띠었다.

"아아, 그 후 3년, 그 여자는 딴 백인을 만났소이다."

선장은 그 뚱뚱한 주제에 비꼬는 듯이 껄껄 웃어댔다.

"이야기는 대개 이상과 같소이다." 하고 네일슨은 말했다.

그 스웨덴인은 증오에 찬 눈초리로 선장을 쏘아보았

다. 크고 뚱뚱한 선장의 모양이 왜 이다지도 네일슨의
비위를 상하게 하는지 까닭 모를 일이었다. 가지가지의
생각이 떠오르는 가운데 과거의 추억이 자기 가슴에 충
만해 있음을 그는 알았다. 25년 전 일이 생각났다. 야
심만만한 생각으로 자기의 공상을 불태워 버린 생애의
종말에 대하여 스스로 체념하려던 병든 사나이가 폭음
과 도박과 계집질에 지친 에이피아에서 이 섬에 발을
들여놓던 당시 생각이 났던 것이다.

그는 입신출세에 대한 모든 희망을 단호히 포기하고
섭생(攝生)의 생활, 그것만을 믿고 의지하던 비참한 두
서너 개월 동안의 그 생활에 만족해 보려고 애썼던 것
이다. 그는 토인 부락 끝에서 바닷가를 따라 두 마일
떨어진 곳에 가게를 벌이고 있는 어떤 혼혈인 상인 집
에 투숙하고 있던 중, 어느 날 야자수 소림(小林) 속의
풀이 우거진 길을 심심풀이로 서성거리다가 어느덧 셸
리가 살고 있던 오막집 앞까지 다다르게 되었다.

그는 마음 괴로울 정도로 그 고장의 아름다운 경치에
황홀했던 것이며 그때 거기서 셸리를 만났던 것이다.
그 처녀는 절세의 미녀였으며 그 검고 잘난 두 눈 속에
깃들인 슬픈 기색이 이상하게도 그의 마음을 움직였다.
카나카족(族)은 본래 인물들이 잘난 족속들이므로 그들
중에서 미인을 찾아보기는 그리 어려운 일이 아니기는

하지만, 그들의 아름다움이란 맵시 좋은 동물들의 아름다움에 지나지 않으며 아무런 의미도 없는 아름다움이었다. 그러나 슬픔에 젖은 검은 처녀의 두 눈에는 신비성이 깃들여 있었으며, 그러므로 그 눈 속에서 암중(暗中)을 모색하는 듯한 인간 영혼의 지독한 복잡성이 느껴졌다. 그 혼열인 상인에게서 자초지종 이야기를 들었는데 그 이야기가 그의 마음을 움직였다.

"그가 돌아올 것이라고 노형은 생각하시나요?" 하고 네일슨은 물었다.

"천만에 그 기선에서 해고당하려면 두 해는 지나야 할 게고 두 해쯤 지나고 보면 그깟, 처녀 생각은 모조리 다 잊어버리고 말 겁니다. 물론 레드가 잠을 깨고 유괴당한 것을 알았을 그때에는 아주 미칠 듯했겠지요. 그리고 결투라도 할 심정이었을 겁니다. 그러나 웃고 그 괴로움을 참는 수밖에 없었지요. 그리고 한 달쯤 지나서는 이 섬을 떠나게 된 것을 우연한 행운이었다고 생각하게 되었을 것이라고 생각합니다."

그러나 네일슨은 그의 이야기가 머리에서 잊혀지지 않았다. 아마도 약하고 병든 자기 몸에 비하여 눈부신 건강미를 가졌다는 레드의 이야기가 그의 공상을 자극한 탓인지도 모르겠다.

자기 자신이 추남이고 풍채마저 보잘것없고 보니, 그

는 남의 아름다움을 무척 높이 평가했다. 격렬한 사랑을 바쳐 본 적도 뜨거운 사랑을 받아 본 적도 없었다. 그러므로 그들 두 젊은 남녀가 바치고 받고 한 사랑이 그에게 유독 기쁨을 던져 준 것이다. 거기에는 말로 표현할 수 없는 '절대적인 미(美)'가 있는 것 같다. 그는 다시 한 번 개울 옆에 있는 오막집에 가봤다. 그는 원래 어학에 소질이 있는 데다가 오랜 연구 생활에서 온 정력을 가지고 있었으므로 오래 전부터 토인어 연구를 해 왔었다.

옛 습성이 강했으므로 그는 사모아어에 관한 논문의 재료를 수집 중이었다. 그런데 셸리와 동거하고 있는 노파가 그에게 집 안으로 들어와 쉬어 가기를 권한 것이다. 노파는 그에게 카봐주와 담배를 내놓으며 말상대가 생겨서 기쁘다고 했다. 노파의 이야기를 듣는 동안에도 그는 셸리를 바라보았다. 처녀는 마치 나폴리 박물관에 있는 사이키의 상(큐피드가 사랑했다는 아름다운 소녀)을 연상케 하는 용모였다. 처녀의 얼굴은 사이키의 그것과 똑같이 맑고 선명한 선을 그리고 있었다. 출산의 경험이 있다면서도 여전히 처녀 같은 앳된 티가 가시지 않았다. 그가 처녀의 입을 열도록 하는 데 성공한 것은 서너 번 만난 후였다. 그것도 에이피아에서 레드라는 이름의 사나이를 본 일이 있느냐고 묻는 것뿐이었다. 사나이가 종적을 감춘 이후 두 해가 지나갔다. 그러나 아직도 처녀는 일편단심으로 그를 생각하고 있는 것이 분명했다.

네일슨이 그 처녀에게 반해 버리고 말았다는 것을 깨닫게 되기까지에는 그리 오랜 시간이 필요하지 않았다. 그 크리크로 매일같이 가고 싶은 자기 마음을 억제하고 있는 것은, 이제 와서는 의지의 힘뿐이었다. 그리고 비록 몸은 셀리와 한 자리에 있지 않을 때에도 생각은 항상 같이 있었다. 최초, 자기 자신을 죽을 사람이라고 단념하고 있던 그 당시에는 단지 그 처녀를 바라보고 가끔 그 처녀의 이야기를 듣기만이라도 했으면 하고 바랐던 것이다. 그것만으로도 그의 사랑은 놀라운 행복감을 그에게 채워 주었다. 그 순결한 사랑 속에 한없는 기쁨을 느꼈던 것이다.

그는 처녀의 우아한 몸을 아름다운 공상의 거미줄로 엮을 기회 이외에는 그 처녀에게서 아무것도 바라지 않았던 것이다. 그러나 맑고 시원한 공기, 고른 기온, 휴양 및 절제 있는 취식은 그의 건강을 의외로 호전시키기 시작했다. 밤에도 그의 체온은 놀랄 만한 정도까지 올라가지 않게 되었다. 기침이 줄어갔으며 체중이 늘기 시작했다. 6개월 간 단 한 번의 각혈도 없었다. 여기서 그는 새삼스럽게도 살아날지도 모른다는 가능성을 발견

했던 것이다. 그는 자기 병세를 면밀히 조사 연구한 끝에 잘 주의만 한다면 병의 악화를 막을 수 있다는 희망의 서광이 비치게 된 것이다.

다시 한 번 앞날을 기약할 수 있다는 이 희망은 그를 무한히 즐겁게 해주었다. 그는 계획을 세웠다. 어떠한 활동적인 생활을 해도 이제는 문제없다는 것이 확실했지만, 섬이라면 더욱 잘 살 수 있었다. 다른 곳에서라면 몰라도 이곳에서는 그의 얼마 안 되는 수입을 가지고도 넉넉히 생계를 유지해 나갈 수가 있다. 야자수를 재배할 수도 있다. 야자수 재배는 훌륭한 직업이 될 것이다. 책과 피아노도 갖다 놓을 것이다. 그러나 그의 예리한 지성은 이 모든 것에도 불구하고 그를 사로잡고 있는 단 하나의 욕망, 그것을 그가 스스로 감추려 애쓰고 있다는 사실을 간파했다.

그는 셸리를 원했다. 그는 그 처녀의 아름다움뿐 아니라, 그 고민에 젖은 눈 뒤에 그가 감지한 어렴풋한 영혼, 그것을 또한 그는 사랑했다. 그는 정열로써 처녀를 도취하게 할 것이다. 마침내는 처녀로 하여금 모든 것을 다 잊게 할 것이다. 그리고 그는 무아의 황홀경에서, 두 번 다시 맛볼 수 없으리라고 생각했건만 지금 이렇게 기적으로 손 안에 들어오게 된 그 행복을, 처녀에게도 나누어 줄 기쁨을 가슴에 그려 보았다.

그는 처녀에게 같이 살자고 청했다. 처녀는 거절했
다. 예상했던 바였으므로 그로 인해 그의 마음이 우울
해지지는 않았다. 조만간 처녀의 마음이 꺾일 것을 확
신했기 때문이었다. 그의 사랑은 식을 줄 모르는 정열
이었다. 그는 노파에게 자기의 간절한 마음을 이야기하
였다. 그리고 두 사람의 관계를 오래 전부터 눈치채고
있던 그 노파와 이웃 사람들이 자기의 간청을 수락하도
록 셸리에게 강력히 권유하고 있었다는 사실을 알고 적
잖이 놀랐던 것이다.

결국 말하자면 토인은 누구나 할 것 없이 백인과 사
는 것을 좋아했다. 더구나 이 섬의 수준에 의하면 네일
슨은 부자였으니까. 그가 하숙하고 있던 집주인인 상인
이 처녀한테 가서 어리석은 짓은 그만 하라고 타일렀
다. 이런 행운은 다시는 찾아들지 않을 것이며, 이렇게
오랜 세월이 흘러간 지금에 와서는 레드가 돌아올 것을
믿을 수 없다고 타일렀다. 처녀의 거절은 더욱 네일슨
의 욕구에 부채질을 했다. 여지껏 순결한 사랑이었던
것이 이제는 괴로움에 몸부림치는 열정으로 변하였다.
그는 어떠한 장애라도 극복 타개해 나갈 것을 결심했
다.

그는 셸리에게 사소한 마음의 평화도 주지 않고 볶아
댔다. 그의 끈기와 설득과 애원, 격노의 반복적인 공격

에 기진맥진한 끝에, 또 주위 사람들의 권유에 못 이겨 마침내 처녀는 동의해 버리고 말았다. 그러나 그 이튿 날 그가 설레는 가슴을 안고 처녀를 맞으러 갔을 때 처녀가 밤새 그 오막집, 레드와 함께 살았던 그 집을 불 질러 버렸음을 알았다.

쭈그렁 바가지 노파가 노한 어조로 셀리에게 욕을 퍼 부으며 그에게로 달려왔다. 그러나 그는 손을 흔들어 노파를 만류하였다. 그런 것쯤은 문제가 아니었다. 오 막집이 서 있던 그 자리에 방갈로를 세우면 될 것이다. 그가 피아노와 수많은 책을 가져온다면 서구식 건축이 훨씬 더 생활에 편리한 것은 사실이다.

이리하여 지금 그가 여러 해 동안 살아온 이 조그마 한 목조 주택이 건립되었으며, 셀리를 그의 아내로 맞 이하였다. 여자가 주는 것만으로 만족을 느끼던 황홀에 찬 첫 몇 주일이 지나간 다음, 그는 아무런 행복도 없 다는 것을 알았다. 여자는 기진맥진한 끝에 그에게 자 기를 양보했을 뿐이었다. 스스로 중요시하지 않는 것을 그에게 양보했을 뿐이었다. 어렴풋이 빛나던 영혼, 그 것이 그에게서 다시 없어져 버린 것이다. 여자가 자기 에 대해서 전연 무관심하다는 것을 그는 알았다.

여자는 아직도 레드를 사랑하고 있었다. 항상 여자는 레드가 돌아오기를 고대하고 있는 것이다. 레드로부터 어떤 소식이라도 있으면, 자기의 사랑과 애무와 동정과 너그러움을 박차고 한순간의 주저도 없이 레드에게로 달아나 버리리라는 것을 그는 잘 알고 있었다. 그리고 자기의 괴로움에 대해서는 조금도 생각지 않으리라. 그는 고뇌에 사로잡혔다. 그는 우울하게도 자기를 거부하는 여자의 강철 같은 고집에 대하여 마구 채찍질을 가해 보기도 했다. 그러나 그의 사랑은 고통으로 변하고 말았다. 그는 상냥한 마음으로 여자의 마음을 녹여 보겠다고 무진 애도 써봤다. 그러나 여자의 마음은 여전하였다. 그는 일부러 무관심한 체해 보기도 했다. 그러나 여자는 그것을 몰라 주었다. 때로는 제 정신을 잃고 여자에게 욕설을 퍼붓기도 했다. 그러면 여자는 말없이 울기만 하는 것이었다.

때로는 여자에게 속은 것에 지나지 않는다는 생각도 들었다. 영혼이니 뭐니 하던 것도 단지 그 자신의 장난에 불과한 것이었다. 그리고 그가 여자의 순결하고 성스러운 마음속 깊이 파고들어가 그것을 울리지 못한 것은 애당초부터 여자의 마음속에는 그런 것이 없었기 때문이었다. 그의 사랑은 그가 벗어나기를 갈망하는 감옥으로 변하였다. 그러나 문을 열고—문을 열기만 하면 어떻게든지 될 것인데—밖으로 걸어나갈 힘조차 그에게는 없었다. 그것은 참을 수 없는 고통이었다. 마침내 그

는 절망과 무감각 상태에 빠져 버렸다. 결국 불은 스스
로 소진해 버린 것이다.

그러므로 여자의 눈이 잠시 저 가느다란 다리 위에
머무르는 것을 보아도, 이제는 그다지도 그의 가슴을
가득 채우던 분노가 느껴지지 않았다. 다만 마음이 안
타까울 뿐이었다. 이제 그들은 여러 해 동안 다만 습관
과 편리의 끈에 얽매여서 같이 살아왔을 뿐이다. 그리
고 자기의 그 옛날의 열정을 돌이켜볼 때 미소를 금할
수가 없었다. 여자도 노파가 되어 버렸다. 섬 여자는 빨
리 늙는 법이니까. 이제는 여자에 대해서 아무런 사랑
도 느끼지 않았지만 관용의 태도를 가질 수는 있었다.
여자도 그를 홀로 내버려 두었다. 그는 피아노와 독서
에 만족을 느끼며 살았다.

가지가지의 생각이 오락가락하는 가운데 그는 이야기
하고픈 충동을 느꼈다.

"이제 와서 레드와 셸리의 짧은 사랑을 돌이켜 생각
해 보건대, 그들의 사랑이 아직도 최고조에 달해 있는
것으로 보이던 그때, 그들에게 이별의 고배를 맛보게
한 냉혹한 운명에 대하여 그들은 오히려 감사해야 될
것이라고 나는 생각하외다. 그들은 물론 괴로웠겠지요.
그러나 아름답게 괴로워한 것이 아닙니까. 그들은 사랑
의 정말 비극을 모면한 것이외다."

"글쎄올시다, 전 잘 모르겠습니다" 하고 선장은 말했
다.

"사랑의 비극이란, 죽임이나 이별이 아니오. 그들 남
녀 애인들 중의 한쪽이 상대에 대해서 무관심하게 되기
까지는 얼마나 긴 시간이 걸릴 것이라고 생각하오이까?
아아, 전심 전력을 다 바쳐서 사랑했고 그럼으로써 잠
시라도 못 보면 못 견디겠다고 느끼던 그 여자를 지금
눈앞에 보건만, 이제는 두 번 다시 안 볼지라도 상관없
으리라고 깨닫는 것은 참말로 뼈저린 노릇이외다. 사랑
의 비극은 무관심이외다."

그가 이야기하고 있는 동안 놀랄 만한 현상이 일어났
다. 그는 선장을 상대로 이야기하고 있으면서도 선장에
게 이야기하고 있는 것이 아니고 자기 생각을 자기 자
신에게 들려주고 있는 것이었다. 눈은 앞의 사나이를
똑바로 바라보고 있건만 그 사나이를 보고 있는 것이
아니었다. 그러나 이때 한 개의 영상(影像)—눈앞에 보
고 있는 사람이 아닌 다른 영상이 나타났다. 그것은 마
치 사람을 지독한 뚱뚱이 또는 굉장한 길쭉이로 보이게
하는 만화경을 들여다보는 것과도 같았으나 여기서는
정반대의 현상이 일어났다. 그 뚱뚱하고 추악한 늙은
놈팡이 속에서 그는 한 젊은이의 그림자 같은 영상을
흘끗 보았던 것이다. 그는 다시 한 번 재빨리 그를 뚫

어지게 살펴보았다. 도대체 무엇 때문에 그는 하필 이
곳으로 어슬렁어슬렁 오는 것일까? 갑작스러운 심장의
전율이 그를 숨막히게 했다. 이치에 닿지 않는 의혹이
그를 사로잡았다. 지금 그의 마음속에 떠오른 생각은
세상에 있을 수 없는 공상이기는 하지만 그러나 사실인
지 뉘 알리오.

"노형 성함은 무엇이오?" 하고 그는 무뚝뚝하게 물었
다.

선장의 얼굴이 일그러지더니 간교한 웃음을 낄낄 웃
어댔다. 이때 그의 표정은 흉악하고 무시무시할 정도로
야비해 보였다.

"이름을 들어 본 지 하도 오래 돼서 나도 잊어버릴 지
경입니다. 그러나 30년 동안 이곳 섬사람들은 날 보면
노상 레드라고 그럽디다."

그는 거의 안 들릴 정도로 낮은 목소리로 웃어댔다.
이때 그의 육중한 몸집이 흔들흔들했다. 이것은 흉악
음탕한 꼴이었다. 네일슨은 몸이 와들와들 떨렸다. 레
드는 몹시 재미나는 모양이었다. 충혈된 두 눈에서 눈
물 방울이 굴러떨어질 만큼 웃어댔다.

네일슨은 허덕이었다. 이때다. 여인네 한 명이 들어
왔다. 토인이었다. 약간 사람을 위압하는 듯한 용모에
뚱뚱하지는 않았으나 건강한 체격으로 머리는 백발이며

얼굴이 검은—토인은 나이 먹을수록 검어진다—노파였다. 검은색 머더 하바드를 입고 있었는데 천이 얇아서 노파의 육중한 유방이 다 보였다. 고대하던 순간이 도래한 것이다.

노파가 네일슨에게 집안 살림살이에 관한 이야기를 묻는다. 네일슨이 대꾸해 준다. 그는 자기 자신에게도 부자연스럽게 들린 자기 목소리가 마누라에게 이상하게 들리지나 않았을까 궁금했다. 노파는 창문가 의자에 앉아 있는 사나이를 무심코 흘끗 바라보더니 방을 나갔다. 그녀가 고대하던 순간은 왔다 가버린 것이다.

잠시 동안 네일슨은 말문이 열리지 않았다. 이상하게도 몸이 떨렸다. 이윽고 입을 열었다.

"더 노시다 저녁이나 함께 드시면 기쁘겠소이다, 소찬이오."

"고맙습니다만" 하고 레드가 말했다. "전 그레이란 작자를 찾아가서 짐을 부린 즉시 떠나야 합니다. 내일 에이피아까지 다다라야 하니까요."

"그럼 길 안내해 드릴 아이를 딸려 보내 드리겠소이다."

"거 참 고맙습니다."

레드는 의자에서 몸을 일으켰다. 네일슨이 농장에서 일하는 아이 하나를 불러서 선장의 행선지를 말하니 그

아이는 앞장 서서 다리를 건너갔다. 레드가 그 아이의
뒤를 따라 다리를 건너려 했다.

"떨어지지 말도록 하소" 하고 네일슨이 소리질렀다.

"걱정 마시오."

네일슨은 그가 다리를 건너가는 것을 바라보았다. 그
리고 그의 모습이 야자수 사이로 사라진 후에도 여전히
그 쪽을 바라보고 있었다. 이윽고 그는 의자에 털썩 주
저앉아 버렸다. 저자가 바로 자기의 행복을 가로막은
그 사나이였던가? 저자가 바로 셸리가 기나긴 세월을
두고 사랑해 왔으며 생명을 걸고 고대해 온 그 사나이
였던가? 괴상망측한 노릇이다. 갑자기 분노의 불길이
그를 감쌌다. 그래서 그는 뛰어 일어나 주위의 모든 것
을 손닿는 대로 때려부수고 싶은 충동을 느꼈다. 그는
여태껏 속아 왔던 것이다! 결국 그들 애인은 서로 만났
음에도 불구하고 알아보지도 못하고 만 것이다. 웃음이
터져나오기 시작했다. 무자비한 웃음이…… 이어서 그
의 웃음은 히스테리컬하게 변해 갔다. 하느님께서 너무
나도 냉혹한 장난을 하신 것이다! 그리고 지금에 와서
는 그는 다 늙어빠지고 만 것이다!

이윽고 셸리가 들어와 식사 준비가 됐음을 알렸다.
그는 그 여자 맞은편에 앉아서 밥을 먹으려 애써 보았
다. 의자에 앉아 있던 그 뚱뚱한 늙은이가 바로 당신이

젊은 날의 정열을 다 바치고 아직껏 사모하고 있는 애
인이었다고 이야기해 주면 뭐라고 할 것인가 하고 그는
궁리해 보았다. 지금으로부터 몇 해 전, 자기를 너무나
도 불행하게 만들었기 때문에 그 여자를 미워하던 그때
라면, 이 이야기를 그 여자에게 들려주고 싶었을 는지
도 몰랐다. 그 당시에는 그 여자가 자기를 괴롭힌 만큼
자기도 그 여자를 괴롭혀 주고 싶었던 것이다. 그 여자
를 미워하는 것은 오직 사랑하기 때문이었으니까. 그러
나 이제는 무관심했다. 만사가 다 귀찮다는 듯이 그는
어깨를 으쓱 치켜 올렸다.

"아까 그 사람 누구예요?"

곧 그 여자가 물었다.

그는 얼른 대답이 안 나왔다. 그 여자 역시 늙어빠졌
구나, 뚱뚱보 토인 노파가 되어 버렸구나, 내가 무엇 때
문에 이 노파를 그다지도 미칠 듯이 사랑해 왔던가 하
는 생각이 치밀어 올랐다. 그는 온갖 영혼의 보물들을
그 여자 발 앞에 바쳐 왔건만 그 여자는 그것들을 한
번 거들떠보지도 않았었다. 낭비, 얼마나 지독한 낭비
였던가! 그리고 지금 그 여자를 바라보니 단지 멸시감
만 느껴질 뿐이 아닌가. 그의 인내심은 마침내 터지고
말았다. 그는 그 여자에게 다음과 같이 대꾸해 줬다.

"그분은 스쿠너 선의 선장이야. 에이피아에서 왔대."

"그래요."

"그분은 내 집 소식을 가져왔어. 내 큰형님이 중환 이
셔서 난 돌아가 봐야겠어."

"오래 걸리시나요?"

그는 어깨를 으쓱 치켜 올릴 뿐.

옮긴이 약력

일본 상지대학 예과, 연전 문과 졸업
수도여자사범대학 교수 역임
한국일보 주간한국 국장 역임

역 서
S. 모옴 ≪오색의 여심≫
콜드 웰 ≪사랑과 돈≫ ≪어느 여인의 경우≫
슬로운 윌슨 ≪피서지에서 생긴 일≫
C. 디킨스 ≪이도비화(二都秘話)≫

모옴 단편집 〈서문문고 014〉

초판 발행 / 1972년 3월 5일
개정판 1쇄 / 1997년 12월 10일
옮긴이 / 이 기 석
펴낸이 / 최 석 로
펴낸곳 / 서 문 당
주 소 / 서울시 마포구 성산동 103-7호
전 화 / 322-4916~8 팩스 / 322-9154
등록일자 / 1973. 10. 10
등록번호 / 제13-16

* 잘못된 책은 바꾸어 드립니다

서문문고 목록

001~303

◆ 번호 1의 단위는 국학
◆ 번호 홀수는 명저
◆ 번호 짝수는 문학